KAROLIN
KOLBE

PLAY
LIST

Schneiderbuch
EGMONT

1. Auflage 2020

verlegt durch Egmont Verlagsgesellschaften mbH,
Alte Jakobstraße 83, 10179 Berlin

Umschlaggestaltung: Agentur Guter Punkt, München
Satz: Datagrafix, Berlin
Printed in the EU

ISBN: 978-3-505-14341-0

www.schneiderbuch.de

Der Bandcontest

Ich liebe Pistazieneis. Im Sommer gibt es für mich fast keinen Tag ohne. Die Farbe, der Geruch, der Geschmack, ich liebe einfach alles. Nur die Flecken nicht.

„Mist“, schimpfe ich, als mir ein Klecks auf den weißen Rock fällt. Ich versuche, das Eis mit meiner Serviette zu beseitigen, aber natürlich wird dadurch alles nur noch schlimmer.

Hilflos blicke ich zu meinen besten Freundinnen, die mir im Eiscafé *Firenze* gegenübersitzen. Fritzi und Özlem schauen sich an und prusten dann los. Sie kennen mich und meine chaotische Art einfach schon zu gut.

Fritzi kriegt sich als Erste wieder ein und reicht mir auch ihre Serviette. Keine Ahnung, wie sie es schafft, den Schokokrokantbecher jedes Mal zu verspeisen, ohne auch nur ein bisschen zu kleckern.

Na ja, ich habe andere Talente.

Die Sonne scheint heute so heiß, dass der Teer weich wird. Es ist Ende August, und die Schule hat gerade wieder angefangen. Zu schade, die Sommerferien hätten ruhig noch etwas länger gehen können. Wenigstens das Sommer-Feeling versuche ich mir zu erhalten: mit jeder Menge Pistazieneis!

Das Licht unter der Markise des Cafés ist leicht orange und lässt uns drei ungesund karottig aussehen.

„Jetzt rück mal raus mit der Sprache", verlangt Özlem und bindet sich das schwarze Haar zu einem Zopf. „Was wolltest du uns so dringend erzählen?"

Auch Fritzi schaut mich unter ihren blauen Ponyfransen neugierig an. Die blauen Haare waren ein Unfall, sie sollten blond werden, aber am Ende fand Fritzi das Blau dann doch cool genug, um die Frisur erst einmal so zu lassen.

Ich wühle in meiner Tasche, um den Zeitschriftenausschnitt zu finden, der mir gestern beim Zahnarzt in die Hände fiel.

„Ich habe da etwas gefunden", trällere ich, als ich den Ausschnitt in den Händen halte und natürlich direkt in einen Klacks Pistazieneis lege. Meine Freundinnen beginnen schon wieder zu kichern. Ich streiche das Papier glatt, ignoriere den Fleck und lese den beiden vor.

„Einladung zum Bandcontest! Ihr seid eine Band, alle unter achtzehn, habt noch keine Lieder veröffentlicht und Lust, vor einem großen Publikum zu spielen? Dann bewerbt euch jetzt und gewinnt ein professionelles Coaching auf Teneriffa!"

Ich blicke die beiden kurz erwartungsvoll an, dann lese ich weiter. „Ladet ein Video auf YouTube hoch, verlinkt uns und sammelt die Likes der Viewer. Die zehn beliebtesten Bands spielen live vor einer professionellen Jury in Berlin!"

Ich wackle aufgeregt auf meinem Stuhl hin und her. „Ist das nicht cool?!"

Fritzi sieht etwas skeptisch aus, aber Özlem ist sofort hin und weg. „Mega!", sagt sie. „Ihr müsst euch dort unbedingt bewerben. Und ich", sie macht eine Kunstpause, „ich bin die Videoregisseurin!"

„Super", entgegne ich und nicke begeistert. Özlem ist Hobbyfotografin und hat eine professionelle Kamera. Und mit Videoschnitt kennt sie sich auch aus.

Jetzt sieht Fritzi schon begeisterter aus. „Echt spannend", meint sie und schiebt sich den letzten Löffel Schokoeis in den Mund. „Bewerbt euch doch, kann ja nicht schaden."

Wir spinnen noch eine Weile herum. Ich finde die Idee richtig gut, denn als Band spiele ich mit Costas, Arthur und Karl schon seit fast drei Jahren zusammen. Aber bis auf ein paar kleine Auftritte beim Schulsommerfest haben wir noch nicht viel gemacht. Vielleicht ändert sich das jetzt!

„Ich muss nach Hause", stöhnt Özlem irgendwann, „Mathenachhilfe."

„Was?!", fragt Fritzi entgeistert und hebt die hellen Augenbrauen. „Es ist Samstag, und du hast eine Zwei in Mathe!"

Özlem hebt ihren Rucksack auf den Schoß. „Eben. Eine Zwei." Sie stöhnt noch einmal.

Özlems Eltern wünschen sich, dass ihre einzige Tochter Anwältin oder Ärztin wird. Ihr Ehrgeiz ist weitaus größer als Özlems, die sowieso gute Noten hat. Zum Glück macht mir mein Vater da keinen Stress!

Fritzi und ich beschließen auch zu gehen. Ich habe heute Abend Bandprobe, wenn ich jetzt nach Hause fahre, schaffe ich es vorher noch zu duschen.

Also stehen wir aus den Korbstühlen auf und gehen zum Tresen. Samstags arbeitet Felix immer hier, er ist zwei Jahre älter als wir und geht auch auf unsere Schule.

„Zahlen bitte", ruft Fritzi und grinst Felix an. Wir kennen alle Mitarbeiter, oft genug verbringen wir ganze Nachmittage hier.

Felix schiebt seine Brille hoch und lächelt uns an. „Wer ist dran?", fragt er.

„Na, ich!", entgegnet Fritzi und reicht ihm eine Handvoll Münzen. Meist zahlen wir einfach reihum.

Fritzi nimmt das Rückgeld entgegen und fährt sich mit der anderen Hand durchs schulterlange blaue Haar. „Es ist so heiß", stöhnt sie und verdreht die großen Augen.

„Bis bald!", sagt Felix, und wir drei winken ihm, dann treten wir raus in die Hitze und auf den heißen Asphalt unter unseren Sandalen.

Pizza-Desaster

Zu Hause angekommen, rieche ich sofort verbranntes Essen. Ich sprinte in die Küche, und der Blick in den Ofen verrät mir, dass das, was auch immer es werden sollte, vor der vollständigen Verkohlung steht. Ich öffne den Ofen und beginne zu husten, während mir dunkle Rauchschwaden entgegenwabern.

Jetzt stürmt auch mein Vater in die Küche. „Oh nein!“, ruft er. „Schon wieder.“ Es ist keine Seltenheit, dass er Dinge auf dem Herd, im Ofen oder an anderen gefährlichen Orten vergisst.

Er reißt die Ofenhandschuhe vom Haken und das Blech heraus.

„Was sollte das werden?“, frage ich interessiert. Mein Vater sieht unglücklich auf das schwarze Blech. „Pizza für euch“, murmelt er und stellt es auf den Herdplatten ab. Mit dem Ellbogen stößt er gegen das Rädchen und schaltet den Herd an. Ich springe zu ihm und drehe das Rädchen auf null. Er atmet tief durch.

„Bestellen?“, schlage ich vor. Er reibt sich über den Drei-Tage-Bart und ringt mit sich, doch dann greift er nach dem Telefon und bestellt eine riesige vegetarische Familienpizza. „Ich bin ein schlechter Vater“, murmelt er und ist ganz betrübt. „Nein!“, rufe ich und drücke ihm einen Kuss auf die Wange. „Du bist der beste Vater der Welt! Nur kochen lernen musst du noch."

Obwohl du schon seit sechzehn Jahren Vater bist, denke ich, aber das sage ich nicht laut. Wie aufs Stichwort rauscht meine zwei Jahre ältere Schwester Madita in die Küche und rümpft die Nase. „Was riecht denn hier so eklig?" Dann erblickt sie das Blech und sieht genervt aus. „Schon wieder? Papa, ich habe Hunger."

„Er hat schon bestellt", verteidige ich ihn, und Madita sieht etwas besänftigt aus. „Gut", sagt sie und strubbelt mir durch die rotbraunen Locken. Ich hasse das, und sie weiß es. Ich tauche unter ihrer Hand weg und sehe sie böse an. Doch sie lacht mich nur aus. Madita ist eine echte Nervensäge!

„Ich gehe dann noch mal mit Linus telefonieren", flötet sie.

„Nicht mit Max?", frage ich etwas erstaunt.

„Nö", entgegnet Madita, „mit dem ist Schluss. War alles voll peinlich." Sie verdreht die Augen und geht aus der Küche.

Ich stöhne: „Dieses Mädchen" und blicke Papa etwas genervt an. Madita sieht mir sehr ähnlich, wir haben die gleichen Haare, und sie ist nur wenige Zentimeter größer. Aber trotzdem sind wir ganz schön unterschiedlich! Während meine Hobbys Schlagzeugspielen, die Band, Eis mit meinen Freundinnen und Kuchenbacken sind, interessiert sich Madita ausschließlich für Jungs, Klamotten und ihr Handy.

„Mama hat geschrieben", wechselt mein Vater das Thema und reicht mir einen Umschlag. Der Poststempel zeigt, dass der Brief von weit her kommt: Brasilien. Da lebt sie seit drei Jahren mit ihrem neuen Mann und einem kleinen Hund. Meine Mama arbeitet als Managerin für eine große Firma und ist oft für einige Jahre im Ausland. Seit der Trennung meiner Eltern leben Madita und ich bei meinem Vater.

Ich nehme den Umschlag und reiße das Papier auf. Ein Brief, den werde ich später lesen, und ein paar Fotos von ihr an verschiedenen Orten.

„Aha", murmle ich, und meine Stimmung kippt ein bisschen.

„Alles okay?", fragt Papa sofort besorgt, und ich lege den Umschlag weg.

„Ja, alles okay", sage ich und lächle ihn an. „Kommt Tamara zum Essen?"

Tamara ist Papas langjährige Freundin. Sie ist ziemlich cool, klettert und fährt mit Madita und mir in Freizeitparks, was mein Vater niemals tun würde.

„Ja, sie ist sicher gleich da", entgegnet er, und ich glaube, er ist erleichtert, dass wir jetzt nicht über meine Mutter sprechen müssen. Wahrscheinlich schreibt sie eh wieder nur, wie toll Brasilien ist, dass wir sie mal besuchen sollen und sie uns zusätzlich zum Unterhalt noch Geld überwiesen hat. Sie verdient echt gut, viel besser als mein Vater, der Erzieher ist. Das Geld ist wichtig, damit wir uns darüber nicht so viele Gedanken machen müssen.

Ich gehe duschen und schlüpfe in Shorts und T-Shirt. Den Brief meiner Mutter lege ich Madita auf den Schreibtisch, vielleicht hat sie gerade mehr Interesse, ihn zu lesen. Dann klingelt es, und Tamara und die Pizza kommen gleichzeitig an. Tamaras schwarze Locken kitzeln meine Nase, als sie mich umarmt. Sie riecht nach Rosenöl, mit dem sie sich immer einreibt.

Beim Ton der Klingel kommt auch Madita aus ihrem Zimmer, das Handy noch am Ohr. „Ist die Pizza da?", fragt sie.

„Ja", sagt mein Vater, gibt der Lieferantin das Geld und schließt die Tür hinter ihr. Der Duft frischer Pizza breitet sich in der Wohnung aus.

„Ich muss auflegen“, säuselt Madita mit süßer Stimme ins Telefon, und ich deute ein gespieltes Kotzen an. Tamara kann sich ein Schmunzeln nicht verkneifen.

Mein Vater hat die Pizza schon in unser chaotisches Wohnzimmer gebracht und schneidet sie mit dem Messer in Stücke. Es ist wirklich eine Riesenpizza, die kaum auf den Couchtisch passt. Papa setzt sich auf das abgewetzte rote Stoffsofa, Madita auf den Holzhocker und Tamara und ich auf den bunten Teppich.

„Danke fürs Kochen, Papa“, sage ich scherzhaft, und da muss auch er wieder lachen.

Probe Nummer eins

Die Bandprobe startet um acht, und ich komme etwas abgehetzt dort an.

„Hey, Mira“, grüßt mich Costas und hebt eine Hand. „Hey“, keuche ich und stelle mein Fahrrad weg, ehe ich ihn fest umarme.

„Was ist los, warum so gestresst?“, fragt er mich und hebt seine dunklen Augenbrauen. In der rechten steckt ein kleiner Silberring. Ich muss lachen. „Mein Vater wollte kochen.“

„Oh nein“, stöhnt Costas scherzhaft, „ich dachte, er hat damit endlich aufgehört.“

Ich schüttle den Kopf. „Nein, er ist zäh, er probiert es immer wieder.“

Costas ist der Sänger unserer Band, und die Garage, in der wir proben, gehört seiner Mutter. Sie ist etwas außerhalb der Stadt am Feldrand, sodass wir selten Probleme mit der Lautstärke haben. Bis auf ein altes schwerhöriges Ehepaar wohnt hier niemand.

„Sind die anderen schon da?“, frage ich und schlendere zum Eingang.

„Klar“, sagt Costas und folgt mir. Arthur, der Gitarrist, ist so alt wie ich, Costas und Karl sind etwas älter.

Wir gehen in unsere Garage, und da sitzt schon Arthur und stimmt sein Instrument, und Karl, der Keyboarder, ist auch schon da und liegt gemütlich auf unserem zerschossenen Sofa.

Ich klatsche beide ab und gehe rüber zu meinem Schlagzeug. Schön sieht es aus, es ist mein ganzer Stolz. Ich setze mich auf den Hocker und spiele ein paar Takte, überlege, ob ich die Idee mit dem Bandcontest vor oder nach der Probe verkünde, aber eigentlich bin ich zu aufgeregt und kann nicht lange warten. Also rufe ich: „Jungs!", und alle sehen zu mir. „Kann ich kurz etwas mit euch besprechen?"

Ich gehe zu Karl, und auch die anderen setzen sich auf Stühlen zu uns. Alle drei sehen mich ähnlich erwartungsvoll an wie vorhin Özlem und Fritzi.

„Habt ihr Lust, berühmt zu werden?"

Dann erzähle ich und lese den verkleckerten, zerknitterten Ausschnitt vor. Costas klatscht in die Hände: „Auf jeden Fall machen wir dort mit!"

Auch Arthur und Karl nicken bestätigend. „Cool", sagt Arthur und Karl: „Mitmachen sollten wir!" Wir beginnen, laut nachzudenken. „Wie machen wir das mit dem Video? Welchen Song spielen wir?"

„Özlem könnte ein Video von uns aufnehmen, und ich helfe ihr beim Schnitt", schlage ich vor, und Costas schnipst. „Natürlich, Özlem!"

Dann überlegen wir gemeinsam. Welches Lied wählen wir aus? Wie gestalten wir das Video?

„Es soll ganz natürlich sein, wie eine lustige Bandprobe, aber trotzdem muss es musikalisch super rüberkommen!", überlegt Karl.

„Wie wäre es", schlägt Arthur vor, „wenn wir es im Vlog-Style machen. Mira ist eindeutig die beste Moderatorin von uns. Also, wenn

Mira ein Video aufnimmt und das Ganze ein bisschen erklärt und es einfach in eine Art Alltagsvideo einbindet, was haltet ihr davon?"

„Perfekt", ruft Costas. „Das passt richtig gut zu uns."

Zwischen uns vieren entsteht eine aufgeheizte Stimmung, wir diskutieren, machen Notizen, und ich bin begeistert, dass die drei den Vorschlag so gut finden wie ich.

Am Ende einigen wir uns auf die Vlog-Idee, und ich bin einverstanden, das Video mit Özlem gemeinsam zu produzieren.

Am Montag in der Schule sehe ich Özlem und Fritzi wieder. Als Erstes fragen sie mich natürlich, wie meine Band auf die Idee reagiert hat.

„Sie sind dabei!", flüstere ich, weil in dem Moment Herr Altmann hereinkommt, der einen pünktlichen Stundenbeginn liebt und Getuschel nicht leiden kann. Ich sitze seit der ersten Klasse neben Fritzi, aber in Deutsch bin ich wirklich schlecht, sodass Herr Altmann zu Beginn des Schuljahres entschieden hat, dass ich in dieser Stunde besser neben Leo, unserem Deutsch-Ass, sitzen soll. Was mir das bringt? Keine Ahnung. Leo bringt es auf jeden Fall nichts. Ich packe also gemächlich meine Sachen zusammen, um Özlem noch zuhören zu können.

„Du hast es gut", zischt sie, „Bandprobe am Samstag! Meine Eltern haben mir für Sonntag eine neue Nachhilfelehrerin organisiert, und ich war fünf Stunden am Lernen. Fünf Stunden!" Sie stöhnt.

Altmann fixiert uns drei unter seinen buschigen Augenbrauen. „Na, haben die Damen mal wieder etwas zu schnattern?", ruft er durch die Klasse. Fritzi wird rot. Sie wird schnell rot und hasst ungeplante Aufmerksamkeit. Ein Wunder, dass sie die Haare blau gelassen hat.

Wir antworten nicht, aber Mark und Lisa hinter uns kichern blöd.

„Mira, erste Reihe, sofort!"

Ich unterdrücke ein Stöhnen und tausche mit Leos bestem Kumpel den Platz.

„Hi", raunt Leo und lächelt mich an. Seine blauen Augen unter dem blonden Pony leuchten.

„Hi", lächle ich zurück und packe meine Deutschsachen aus. „Mist", flüstere ich, „ich habe mein Federmäppchen vergessen."

Leo kramt kurz in seinem.

„Hier", sagt er und reicht mir einen blauen Kugelschreiber. Als ich ihn nehme, berühren sich ganz kurz unsere Hände.

„Danke!"

„Und wenn die erste Reihe dann auch still ist", schnauzt Altmann, „können wir uns ja endlich Schiller widmen!"

Eisfabrik

Wir haben für diesen Nachmittag den ersten Videodreh angesetzt. Costas muss seinen Hund mitbringen, den konnte er so kurzfristig nicht unterbringen, aber Bolle ist ganz brav und legt sich gleich auf eine etwas schmuddelige Decke auf dem Boden.

Özlem baut ihr Stativ auf, als ich reinkomme. Die anderen sind schon alle da. „Hey, Mira", grinst Costas, „bereit für Vlog Nummer eins?" Er boxt mich gegen die Schulter. Ich boxe zurück. „Klar!"

Ich habe mir ein weites, fast sauberes T-Shirt und kurze Jeans angezogen, die dunkelroten Locken gewaschen und dann lange geknetet, damit sie wieder etwas wild und unordentlich aussehen. Arthur und Karl haben auf Özlems Anweisung hin unsere Instrumente näher zusammengerückt, damit sie alle gut in die erste Aufnahme passen.

Özlem fährt sich durchs schwarze Haar und zieht einen Zettel aus der Hosentasche. „Ich habe mal eine Reihenfolge gemacht. Zuerst spielt ihr euer Lied *Lang gewartet*, ich nehme das ganze erst einmal frontal auf, dann von der Seite, und dann laufe ich für dynamischere Bilder noch einmal mit der Kamera rum. Klar so weit?"

Wir vier nicken brav.

„Danach kommt der Teil, in dem Mira euch vorstellt. Spontanität erwünscht!“

Jetzt werde ich doch etwas nervös. Ob ich das hinkriege? Erst einmal kommen ja zum Glück die Musikaufnahmen.

„Unter die Bilder legen wir dann natürlich nur die Tonspur der besten Aufnahme, sonst klingt es zu abgehackt“, erklärt Özlem, während sie ein Mikrofon installiert. Sie kennt sich echt aus. Nachdem sie verschiedene Kabel ineinandergesteckt hat, ruft sie: „Kann losgehen!“

Wir nehmen alle unsere Positionen ein, ich setze mich ganz hinten ans Schlagzeug. Hier im Hintergrund fühle ich mich einigermaßen wohl.

Özlem startet die Kamera und gibt uns ein Zeichen.

Arthur beginnt mit der Gitarre, Karl mit dem Keyboard, ich starte meine Schlagzeug-Takte und Costas den Gesang: „Ich habe lang gewartet, bis ich heute hier sein kann …“ Karl haut auf eine völlig falsche Taste, daraufhin gerate ich aus dem Takt, und Costas Stimme verrutscht in der Tonlage. Wir brechen ab und lachen etwas nervös.

„Kein Problem“, ruft Özlem und stoppt den Take. „Noch einmal!“

Beim dritten Mal klappt es dann, sodass wir das Lied einmal komplett durchspielen, und ich habe das Gefühl, dass es auch ganz gut lief. Özlem nickt zufrieden. „Können wir nehmen“, sagt sie und hebt den Daumen. „Mira, du könntest hinten am Schlagzeug ruhig noch etwas emotionaler sein.“

Puh, okay. Özlem nimmt ihre Rolle als Regisseurin, Kamerafrau und Drehbuchautorin auf jeden Fall sehr ernst.

Ab dann läuft es ganz gut. Özlem nimmt uns noch einmal schräg von rechts und schräg von links auf, dann kommt der Teil, in dem sie mit ihrer Kamera um uns rumschleicht. Als sie mit dem Objektiv sehr nah vor meinem Gesicht ist, versuche ich, das zu ignorieren und mich nicht aus der Ruhe bringen zu lassen.

Nach dieser Aufnahme gönnt uns Özlem eine kurze Trinkpause, ehe sie uns ihr weiteres Konzept erläutert.

„Jetzt werde ich Mira mit der Kamera folgen, wie sie den Proberaum betritt und euch nacheinander vorstellt. Ihr sitzt am besten ganz natürlich rum, stimmt eure Instrumente und seid sympathisch. Diesen Teil schneiden wir vor das Lied, so, als wäre Mira wie immer zur Bandprobe erschienen. Es ist kein ganz klassischer Vlog, aber ich dachte, so wirkt es professioneller. Ach ja, habt ihr inzwischen einen Namen?"

Ich sehe Costas an, er mich. Auch Karl und Arthur schütteln die Köpfe. Das mit dem Namen ist so eine Sache. Bei unseren wenigen Konzerten sind wir immer ohne Namen aufgetreten oder mit verschiedenen spontan gewählten, die uns am Ende aber alle nicht überzeugt haben.

„Ihr habt noch immer keinen?" Özlem sieht uns stirnrunzelnd an, und ich schäme mich ein bisschen dafür, dass wir offensichtlich nicht sehr professionell sind.

„Wie wäre es mit *Mira und Band*?", schlägt sie vor.

„Nee, nee, das geht nicht", entgegne ich heftig. „Ich bin die Schlagzeugerin! Wir sind alle gleichermaßen wichtig."

Özlem zuckt die Schultern. „Ich dachte nur, weil du ja die Vlogs machst."

Aber den Gesichtern der anderen sehe ich an, dass sie den Namen ebenfalls blöd finden. Mein Blick fällt auf den kleinen Pistazieneisfleck auf meinem Shirt, den die anderen hoffentlich nicht bemerkt haben. Ich grinse. „Wie wäre es statt *Mira und Band* einfach mit *Band und Eis?* Oder etwas übertrieben: *Eisfabrik*. So viel Eis, wie wir hier vernichten … also an sich wäre eine Eisfabrik eine gute Sache", scherze ich, und die anderen nicken ganz ernst. Özlem überlegt. „Nicht schlecht. Dann müssen wir Eis aber irgendwie im Logo unterbringen, denn mit Musik hat das auf den ersten Blick ja nichts zu tun."

„Ähm", räuspere ich mich, „das war ein Scherz."

„Schlechter Scherz, aber guter Name", grinst Costas, und seine Augen leuchten, als er mir die Hand auf die Schulter legt. „Leute, probieren wir es mit *Eisfabrik*?", ruft er, und Arthur und Karl nicken zustimmend.

„Na, dann", sagt Özlem glücklich, „auf zum nächsten Schritt!"

„Können wir mal eine richtige Pause machen?", fragt Arthur vorsichtig. Özlem sieht auf die Uhr. „Sorry, ich muss nachher ins Nachhilfeinstitut." Sie rollt mit den Augen.

„Du gibst Nachhilfe?", fragt Costas interessiert. Özlem lacht kurz auf. „Nein, ich nehme welche."

Chaotische Katastrophe

Der zweite Teil stellt mich vor große Herausforderungen. Ich bin nervös, meine Hände sind feucht, und ich habe wirklich Angst, mich zu verhaspeln.

Die anderen drei haben sich im Proberaum so verteilt, dass ich in alle Ecken laufen muss, um sie vorzustellen.

Arthur sitzt auf der Probefläche und stimmt seine Gitarre, Karl liegt in der Sofaecke bei Bolle, und Costas lehnt neben der Tür und blättert sein Textbuch durch.

„Okay, Mira", startet Özlem mit den Anweisungen, „sei ganz natürlich! Stell eure Band vor und dann dich und die anderen. Pass gut auf, dass du immer mit dem Gesicht zur Kamera sprichst und na ja … sei einfach du selbst."

Na toll, ich selbst. Dann wird das Ganze hier eine chaotische Katastrophe. Ich atme durch. Özlem gibt mir das Zeichen.

„Hey, ich bin Mira, und ich bin … ähm … die Schlagzeugerin von *Eisfabrik*. Oh Mist, können wir das noch einmal machen?"

„Okay, Cut", sagt Özlem. „Einfach noch einmal, okay?"

Ich lockere meine Schultern. „Bereit."

Das Lämpchen an der Kamera leuchtet wieder rot.

„Hey, ich bin Mira, die Schlagzeugerin von *Eisfabrik*." Ich setze ein breites Lächeln auf, und Özlem hebt den Daumen.

„Wir sind hier in unserem Proberaum und starten gleich mit unserem Beitrag zum Bandcontest, aber vorher stelle ich euch die anderen vor."

Zuerst gehe ich zu Costas. „Das ist Costas, unser Sänger. Er steht auf Pommes mit Mayo und auf rote Haare." Er boxt mich. „Hey, das ist peinlich, das musst du nicht allen sagen ..." Ich zwinkere nur frech, und Özlem hebt begeistert die Augenbrauen. Auf dem Weg zu Arthur stolpere ich über ein dickes Kabel und falle auf den weichen Teppich. „Ups", rufe ich und rapple mich wieder auf. „Das passiert mir dauernd", lache ich in die Kamera und winke ab. „Eigentlich wollte ich euch ja Arthur vorstellen." Arthur winkt und spielt einen Ton auf der Gitarre. „Er ist Gitarrist und in seinem geheimen Leben außerdem leidenschaftlicher Breakdancer." Ich klatsche in die Hände und laufe dann zu Karl, der Bolles dicken Kopf streichelt. Als ich komme und ein Leckerli in die Hand nehme, bellt Bolle und springt mich an. Vor Freude über das Leckerli in meiner Hand wirft er mich fast um.

„Und das", ich klopfe seine Seite, „ist Bolle, unser Maskottchen. Und neben Bolle sitzt Karl, Keyboarder und der beste Pizzabäcker der Welt! Jetzt, wo ihr uns alle kennt, starten wir mit unserem Lied *Lang gewartet*. Gebt uns einen Daumen nach oben, wenn euch der Song gefällt, damit wir uns beim großen Finale wiedersehen können." Ich hebe zwei Daumen in die Luft und grinse noch einmal.

„Cut!", ruft Özlem und lässt die Kamera sinken. „Mensch, Mira", ruft sie, „du bist ja ein Naturtalent!"

„Meinst du?" Ich bin mir da nicht so sicher. „Ich bin auf den Boden gefallen, und der Hund hätte mich beinahe umgerannt."

„Ja", sagt Özlem, „deswegen ja! Du wirkst total authentisch. Die Menschen werden das lieben!"

Sie schaut auf die Uhr. „Puh, ich muss los. Aber ich glaube, wir brauchen von dir eh keinen zweiten Take."

Sie umarmt uns reihum. „Özlem, können wir das Video bald hochladen? Je früher, desto besser, oder?", merkt Costas an. Özlem nickt. „Ich sichte heute Abend das Material und treffe eine Vorauswahl. Mira, hast du morgen Nachmittag Zeit? Dann können wir schneiden, und wenn wir schnell sind, gleich auch hochladen."

Ich nicke. „Klar." Eigentlich wollte ich für die nahende Deutscharbeit lernen, aber Lust habe ich natürlich mehr auf das Video. „Im Café *Firenze*?"

Özlem schnalzt mit der Zunge. „Ganz genau da!"

Sie winkt uns und verlässt dann unsere Garage.

„Ich glaube, das wird gut", sagt Costas noch und sieht mich eindringlich an. „Richtig gut!"

Ich bin spät dran. Eigentlich soll ich immer um zehn zu Hause sein, aber heute ist es schon viel später. Ich versuche, mich in die Wohnung zu schleichen, aber natürlich ist mein Vater noch wach. Er sitzt mit Tamara bei einer Tasse Tee in der Küche.

„Mira, komm doch bitte noch einmal rein", ruft er durch den Türspalt.

„Mist", murmle ich, folge aber seiner Bitte.

„Hallo", sage ich etwas zerknirscht und lehne mich an die Spüle.

„Mira, ich habe dich drei Mal angerufen", sagt Papa vorwurfsvoll. „Du weißt, dass ich nicht besonders streng bin, aber ein paar Regeln müssen wir alle einhalten. Du bist erst vierzehn, und es ist noch nicht einmal Wochenende."

Ich versuche, ein Augenrollen zu unterdrücken. Stattdessen nehme ich mein Handy raus. Tatsächlich, drei verpasste Anrufe.

„Entschuldigung, ich hatte mein Handy wegen der Videoaufnahme auf lautlos gestellt."

Tamara lässt ihre Tasse sinken. „Was für ein Video?", fragt sie neugierig. Dann greift sie in die Schale Chips vor sich und schiebt sich eine Handvoll in den Mund.

Ich beiße mir auf die Lippe. „Ach, nichts", winke ich schnell ab. Ich weiß, dass mein Vater nicht viel davon hält, Persönliches ins Internet zu stellen, und habe Angst, dass er mir den Contest verbietet.

„Ich bin müde, ich gehe ins Bett", sage ich, gähne demonstrativ und fliehe aus der Küche.

Ich freue mich schon richtig aufs Schneiden morgen. Das ist viel verlockender als der ganze Schulkram.

Himbeerbonbons und Pistazieneis

Dienstags haben wir nur fünf Stunden Unterricht, das ist super, denn dann können Özlem und ich den ganzen Rest des Tages schneiden.

Ich sitze wie immer neben Fritzi. „Hast du auch Lust, heute Nachmittag mit ins Café *Firenze* zu kommen? Als Videoberaterin?“ Fritzi nickt. „Klar! Ich muss allerdings auch schon mal etwas Deutsch lernen, sonst packe ich den Test am Freitag echt nicht.“

Mein Magen zieht sich zusammen. Ich habe noch nichts für Deutsch gelernt, und ich verdränge das gerade auch ganz gut.

„Vielleicht steige ich beim Lernen ja auch noch ein“, sage ich und zweifle selbst an meinen Worten.

„Das klingt nach einer guten Idee, Mira“, poltert da die Stimme von Herrn Altmann zu mir herüber. Fritzi, Özlem und ich zucken zusammen. „Denn sonst sieht es mit der Deutschnote in diesem Jahr wieder so düster aus wie beim letzten Mal.“ Ich blicke zerknirscht auf meinen Tisch. Im letzten Schuljahr habe ich Deutsch ganz knapp mit einer Vier minus abschließen können.

„Und jetzt“, seine Augenbrauen ziehen sich zusammen, „erste Reihe!“

Ich schlappe nach vorn zu Leo und lasse mich auf den ungemütlichen Stuhl fallen. Herr Altmann geht zum Pult und sortiert seine Hefte und Bücher.

„Nimm ihn nicht so ernst“, flüstert Leo mir zu und rückt dabei ganz nah an mich heran. „Das wird schon.“ Er legt mir kurz die Hand auf den Rücken. Fühlt sich gut an.

„Bonbon?“, fragt er dann und hält mir eine Dose Himbeerbonbons hin. Wir nehmen beide eins und grinsen uns kurz an.

„Wenn dieser unnötige Flirt beendet ist, können wir starten“, ruft Herr Altmann durch die Klasse, und peinlich berührt schlage ich *Die Räuber* auf.

Direkt nach der Schule kaufen wir drei uns jeweils ein belegtes Brötchen, das wir auf dem Weg zum „Firenze“ essen, und bestellen dort drei große Eisbecher, ich natürlich mit Pistazieneis. Trotz des schönen Wetters setzen wir uns rein, damit wir das Videomaterial auf dem Laptopdisplay besser erkennen können. Außerdem braucht Özlem ja Strom.

Felix bringt uns die Becher an den Tisch. Er schiebt seine Brille hoch und sieht uns neugierig an.

„Referat?“, fragt er, und ich schüttle den Kopf. „Nee, wir schneiden ein Video“, entgegne ich mit einer Spur Stolz in der Stimme. „Wow“, sagt Felix und hebt die Augenbrauen. „Was denn für eins?“

Ich erzähle kurz von dem Bandcontest sowie den damit verbundenen Bedingungen, und Felix scheint sehr interessiert zu sein. „Ich wusste gar nicht, dass du Schlagzeug spielst“, sagt er dann.

„Du weißt über uns auch vor allem, welches Eis wir am liebsten essen“, kontere ich, und er grinst mich an. „Darf ich es sehen, wenn ihr fertig seid?“

„Klar“, meine ich, „mal schauen, wie weit wir kommen.“

„Felix, die Spülmaschine!“, ruft dann der Chef, und Felix raunt: „Ich muss mal wieder“, dann wirbelt er herum und läuft leichtfüßig in die Küche.

„Schon außergewöhnlich lieb, der Felix“, bemerkt Fritzi und streicht sich durchs blaue Haar. „Findest du?“, frage ich, aber jetzt, wo sie es so sagt, muss ich ihr recht geben.

Özlem klatscht in die Hände. „Schluss damit, jetzt wird gearbeitet.“

Sie schiebt irgendwelche Dateien auf ihrem Desktop hin und her, Fritzi und ich blicken ihr über die Schulter.

„Also, ich zeige euch mal alle Aufnahmen, die gut genug sind, um sie zu verwenden.“

Wir sehen die vier Varianten des kleinen Konzertes, und ich bin überrascht von der guten Qualität. Das Licht und die Akustik in der Garage sind normalerweise wirklich nicht so toll. Dann schauen wir uns den Moderationsteil an, und spätestens als ich mit großen Augen auf den Teppich falle, kann Fritzi nicht mehr an sich halten. „Großartig“, kichert sie, „das bist absolut du, Mira!“

Ich weiß nicht, ob ich ein bisschen schmollen oder mich freuen soll, aber dann entscheide ich mich für Letzteres. Auch als Bolle mich beinahe niederrennt, lacht Fritzi wieder laut, und Özlem und ich grinsen.

Ich esse mein Eis, damit es nicht schmilzt, aber Özlem muss mehrfach daran erinnert werden, so vertieft ist sie in den Schnitt. Letztlich sitzen Fritzi und ich nur daneben und schauen zu, denn ich habe das Gefühl, dass Özlem das alles ziemlich gut im Griff hat und nur ab und zu eine Beratung braucht. Deshalb setzen Fritzi und ich uns an den Nebentisch, um ein bisschen Deutsch zu lernen.

„Musst du nicht auch noch etwas für die Klausur tun?“, fragt Fritzi irgendwann, doch Özlem winkt ab. „Ach, meine Eltern sorgen schon dafür, dass ich genug lerne. Dann schreibe ich eben dieses Mal eine Zwei und keine Eins“, und dann schneidet sie munter weiter.

Fritzi und ich sehen uns nur an und nicken. Sie hat recht. Özlem muss eigentlich für kein Fach viel lernen, um gute Noten zu haben.

Wir sind noch bis zum frühen Abend hier und teilen uns Eisschokolade und Waffeln, wir müssen ein bisschen aufs Taschengeld achten. Ich verstehe eigentlich kaum etwas von dem, was ich lerne. Für Deutsch muss ich mir meist irgendwelche Interpretationen merken, um in der Arbeit nicht ganz zu versagen. Leider habe ich mich viel zu wenig mit diesem Thema beschäftigt und muss jetzt auswendig lernen, was in den Büchern steht.

Irgendwann ruft Özlem: „Fertig! Wollt ihr schauen?“

„Klar!“ Aufgeregt rücken Fritzi und ich mit unseren Stühlen wieder heran, und auch Felix, ein Glas und ein Geschirrtuch in der Hand, läuft neugierig herüber.

Özlem startet das Video. Meine Moderation in Kombination mit dem Lied aus verschiedenen Perspektiven wirkt richtig gut, und ich bin mal wieder überrascht von Özlems Professionalität. Das Ganze geht knapp vier Minuten.

„Wow!“, ruft Felix mehrfach. „Damit seid ihr sicher beim Contest dabei!“

Am Ende werden noch kurz unsere Namen eingeblendet, dann wird der Bildschirm schwarz.

Özlems Wangen sind gerötet, ob von der Anstrengung des stundenlangen Schneidens oder vor Freude über das viele Lob, weiß ich nicht.

„Großartig!“ Ich drücke ihr einen Kuss auf die Wange und bin mal wieder sehr euphorisch. „Die anderen werden es auch mögen.“

„Soll ich es heute Abend hochladen, wenn ich zu Hause wieder Internet habe?“, fragt Özlem, und wir drei nicken. „Auf jeden Fall!“

„Dann erstelle ich euch einen YouTube-Account. Und was hältst du davon, wenn ihr auch einen Instagram-Kanal bekommt? Wäre doch super, bis zum Ende der Abstimmung noch mehr Werbung zu machen. Mehr Videos und vielleicht auch Fotos. Ich habe auch eine Logo-Idee mit einem tropfenden Eis. Das wird euer YouTube-Profilbild!“

„Äh …“ Ich bin überfordert.

„Sprich mal mit den anderen“, meint Özlem. „Ich kann eure Social-Media-Beauftragte werden!“ Sie freut sich über die Idee. Gut, dass Özlem so einen Ehrgeiz hat, das kann uns ja nur helfen.

Ich nicke. „Klar, ich rede mit ihnen“, sage ich.

„Wow“, haucht Felix noch einmal, und dann: „Ich bin schon jetzt Fan!“ Er macht ein paar Schritte nach hinten und geht lächelnd wieder hinter die Theke.

Mehr davon

Am nächsten Morgen in der Schule kommt Fritzi ganz aufgeregt mit dem Handy zu mir.

„Mira, hast du schon gesehen?!"

Ich bin noch etwas verpennt, weil ich letzte Nacht lange gelesen habe, und gähne sie an. „Was denn?"

„Na, hier!" Sie hält mir das Handy hin, auf dem unser Video läuft.

„Cool!", sage ich und bin hellwach. Özlem hat alle wichtigen Hashtags hinzugefügt und uns eine Facebook-Seite gestaltet, auf die sie das Video verlinkt hat.

„Aber das ist nicht alles!" Fritzi scrollt mit dem Daumen nach unten. „Der Radiosender, der den Bandcontest organisiert, hat das Video geteilt, und ihr habt jetzt schon fast tausend Klicks!"

„Was?!" Eintausend Menschen haben unser Lied gehört, unser Video gesehen? Verrückt! Viele haben es auch geliket.

„Es kommt noch besser. Die Band *Buchsbaum* ist durch die Radioseite auf euch aufmerksam geworden und hat das Video auch noch einmal geteilt!" Fritzi ist vor Aufregung völlig außer Atem.

„*Buchsbaum?!*" Die Band ist ziemlich bekannt, und meine Hände zittern vor Aufregung.

„Das kann nicht sein …"

„Doch!" Özlem fällt mir von hinten um den Hals. „Dank eurer Video-Expertin." Wir drei lachen. Auch Özlem zückt ihr Handy. „Am besten teilt ihr das Video auf euren privaten Facebook- und Instagram-Accounts. Mira, sag Costas, Karl und Arthur Bescheid, dass sie das auch tun sollen."

Sofort teilen wir drei das Video noch vor der ersten Stunde. Schon in der nächsten großen Pause sind es wieder ein paar Hundert Klicks mehr. In Mathe sprechen mich dann auch die ersten Leute an. „Cooles Video", höre ich und: „Ich habe euch einen Daumen nach oben gegeben."

Mark und Lisa rümpfen natürlich die Nase. „Ein bisschen peinlich, das mit dem Hinfallen, oder, Mira?", stichelt Lisa, und Mark lacht, aber ich gehe einfach nicht darauf ein.

„Schau mal, die Kommentare", sagt Fritzi und hält mir alle fünf Minuten das Handy unter die Nase. Sie ist mein Liveticker. In der zweiten großen Pause liest sie uns einige vor.

„Das Lied ist super, und ihr seid alle total sympathisch! Oder hier: Mira, du bist lustig! Mach mal noch mehr Videos über die Band und deinen Alltag. Und noch so eins: Mira, du bist ja ne echte Katastrophe. Mehr davon! Ah, hier musst du nachher drauf antworten, Mira: Hey, Mira, ich bin auch das einzige Mädchen in einer Band, die sonst nur aus Jungs besteht. Wie geht es dir damit? Spielt das eine Rolle für dich? Du musst den Kontakt mit den Leuten aufrechterhalten." Fritzi sieht mich durchdringend an. „Das ist jetzt sehr wichtig!"

„Puh …", atme ich aus und bin etwas überfordert. „Meint ihr wirklich?" Ich weiß gar nicht, wann ich das denn auch noch machen soll.

„Klar!“, ruft Özlem. „Ich gebe dir nachher die Zugangsdaten für den Kanal, damit ihr alle mitkommentieren könnt.“

„Hier ist noch etwas, das ihr hören müsst“, Fritzi räuspert sich. „Nicht nur die Musik ist super, du, Mira, wirkst so lustig und authentisch, erfrischend und einzigartig, energetisch und selbstbewusst. Es tut gut, dir zuzusehen, auch wenn es nur wenige Minuten waren. Wow, da hat sich jemand aber Mühe gegeben.“

„Hoffentlich kein zukünftiger Stalker“, sage ich betont gelangweilt, aber die Worte berühren mich doch. Erfrischend. Selbstbewusst. Ein tolles Feedback.

„Quatsch, kein Stalker.“ Fritzi macht eine Kunstpause. „Ein Fan!“

„Jetzt werdet mal nicht größenwahnsinnig“, sagt Lisa schnippisch, die gerade an uns vorbeiläuft.

Wir ignorieren sie.

„Wie heißt der Mensch denn, der das geschrieben hat?“, frage ich möglichst beiläufig.

Fritzi liest vor: „Der Nickname lautet: Noisette16. Klingt nach einem Mädchen.“

Ich zucke mit den Schultern. „Na ja, im Internet kann man sich ja jeden Namen geben.“ Noisette16. Netter Kommentar. Sehr netter Kommentar.

Özlem und Fritzi überreden mich, direkt noch am selben Tag ein weiteres Video aufzunehmen. Dieses Mal soll es eine Art Kochvideo werden, bei dem die Menschen mich besser kennenlernen, damit sie dem Bandvideo mehr Likes geben. Ich bin unsicher. Es soll doch um die Band gehen, das Lied, den Contest! Ich finde wir sollten uns mehr mit unserer Musik beschäftigen.

„Ja“, beruhigt mich Özlem, „darum geht es ja auch. Aber die Menschen wollen private Einblicke in euer Leben bekommen, besonders in deins. Da kann es doch nur helfen, noch ein paar mehr Videos zu drehen, bis die Frist vorbei ist.“

„Aber vielleicht finden die anderen das doof.“

„Ach Quatsch, die profitieren doch auch davon, wenn ihr so viel Bekanntheit wie möglich bekommt. Wir müssen *jetzt* den Erfolg des ersten Videos nutzen. Du backst doch gern Kuchen.“

Ich nicke.

„Dann nehmen wir heute ein Backvideo auf. Du kannst den Kuchen bei der nächsten Probe ja mitnehmen, wir filmen das, und das Ganze bekommt dadurch einen Zusammenhang mit der Band.“

„Ja, Kuchen!“, ruft Fritzi.

„Aber unsere Küche ist so klein“, versuche ich, weitere Gegenargumente zu finden.

„Papperlapapp!“, meint Özlem. „Wir nehmen einfach bei Fritzi auf. Ihr habt doch eine helle und große Küche.“

„Machen wir!“ Fritzi hebt motiviert den Daumen. Ich stöhne. Meine Güte, die beiden lassen sich wirklich von nichts abhalten.

„Na gut“, gebe ich mich geschlagen, „aber ich suche die Kuchensorte aus!“

Pflaumenkuchen

Zu Hause blättere ich in dem einzigen Backbuch, das es in unserem Haushalt gibt. Es stammt aus den Neunzigern, hat dementsprechend alte Fotos und ist eines der Dinge, die meine Mutter bei uns gelassen hat, als sie wegzog.

Ich liege auf dem Bauch in meinem Bett und höre gar nicht, dass Madita mein Zimmer betreten hat.

„Ehem", räuspert sie sich, und ich zucke zusammen. Schnell drehe ich mich um und erschrecke mich erst jetzt richtig.

„Was hast du denn gemacht?!", frage ich entgeistert. Mit einer unsicheren Bewegung fährt sie sich durch die platinblonden Locken.

„Eigentlich wollte ich fragen, was *du* gemacht hast!", pampt sie zurück.

„Deine schönen Haare!", erwidere ich nur bedauernd. Wie kam sie auf die Idee, das schöne Rotbraun zu blondieren?! Ich finde nicht, das die Farbe zu ihr passt.

„Dein Video ist echt peinlich. Wieso könnt ihr nicht einfach das Lied hochladen und euch deinen komischen Auftritt sparen?"

Ich bin fassungslos. „Hat doch nichts mit dir zu tun", sage ich, und sie lacht kurz auf. „Natürlich! Du bist meine Schwester. Du siehst aus wie ich. Alle reden darüber! Linus hat mir das Video gezeigt und fand es total peinlich!“

Sie scherzt nicht. Sie meint es wirklich ernst.

„Dann ist Linus wohl ein Dummkopf“, entfährt es mir.

„Hey!“, ruft Madita, und ich befürchte schon einen Streit, doch sie atmet einfach tief durch und belässt es dabei. „Mach einfach keine weiteren Videos. Okay?“, bittet sie mit ruhiger Stimme.

Jetzt erst recht, denke ich und frage ganz unbeteiligt: „Sag mal, was fällt dir spontan für ein Kuchen ein, der zur Jahreszeit passt?“

„Pflaumenkuchen“, sagt sie, ohne zu überlegen. „Gerade ist doch Pflaumenzeit.“

Dann dreht sie sich um. Als sie schon fast raus ist, rufe ich noch: „Steht Linus auf Blondinen?“

Sie sieht mich erneut kurz verunsichert an, dann streckt sie mir die Zunge raus.

Da habe ich wohl ins Schwarze getroffen.

Am späten Nachmittag komme ich bei Fritzi an, einen großen Korb Pflaumen auf dem Fahrrad. Unsere Nachbarin hat einen Pflaumenbaum, und ich durfte jede Menge Früchte aufsammeln.

Fritzi hatte sich bereit erklärt, für Mehl, Zucker, Butter und all die anderen Dinge zu sorgen, und Özlem musste ihren Eltern zuliebe noch zur Deutschnachhilfe und kommt völlig abgehetzt an.

„Tut mir leid“, ächzt sie und füllt sich am Wasserhahn ein Glas ein. Dann stürzt sie es mit einem Mal runter. „Die Nachhilfefrau wollte mich einfach nicht gehen lassen!“

Wir stehen bei Fritzis Eltern in der Küche. Sie ist ziemlich groß und aufgrund der Glasfront zum Garten hin auch sehr hell. Fritzi hat ihre Eltern und ihren Brüdern erklärt, dass sie die nächsten zwei

Stunden die Küche nicht nutzen können und möglichst leise sein sollen, und weil Fritzis Familie ziemlich cool ist, tun sie das auch.

„Also!" Obwohl Özlem noch völlig außer Atem ist, startet sie sofort ins Thema.

„Ich habe mir ein Konzept überlegt. Was wird gebacken?"

„Pflaumenkuchen", entgegne ich.

„Damit können wir arbeiten", nickt Özlem. Sie denkt kurz nach. „Pflaumen sind witzig! Da können wir ja mit dem Entsteinen beginnen, das könnte ich von oben filmen."

Dann erläutert sie uns ihre Ideen. Ich soll alle Schritte eher langsam machen, damit wir das Ganze aus unterschiedlichen Perspektiven filmen können. Außerdem arbeiten wir mit Jump Cuts, um Arbeitsschritte schnell aussehen zu lassen und das Video kurz zu halten.

„Die Begrüßung machen wir am Ende", schlägt Özlem vor. „Die nehmen wir auf, wenn du bereits hinter dem dampfenden Kuchen stehst."

Fritzi nickt. „Gute Idee!"

Ich unterdrücke ein Seufzen. Das erscheint mir doch alles etwas aufwendig und gestellt. Aber gut, ich möchte meinen Freundinnen den Spaß nicht verderben.

Also lasse ich mich darauf ein. Özlem baut ihre Ausrüstung auf, sie hat verschiedene Objektive und ein Stativ dabei.

Ich fühle mich etwas komisch, als sie die Linse recht nah vor meinen Händen platziert, aber so muss das wohl sein. Zum Glück habe ich vorhin noch meine Fingernägel geschnitten. Wir schalten alle Lichter an, die wir haben, dann geht es los.

Schon der Anfang wird chaotisch. In der zweiten Pflaume, die ich entsteine, sind jede Menge weißer Maden, und ich springe so heftig zurück, dass die Kamera kurz wackelt. Fritzi unterdrückt ein Kichern, aber Özlem hebt mal wieder den Daumen. Es sind wohl eher diese Momente, die sie sehen will. Ich erkläre, wie ich den Kuchen backen möchte, dann nehmen wir das Entsteinen noch einmal frontal auf.

Der nächste Unfall passiert mir, als ich versuche, den Teig mithilfe der Küchenmaschine zu kneten. Aus irgendeinem Grund vergesse ich, den Deckel draufzusetzen, und der Teig spritzt mir auf Kleidung und Gesicht. Mit zusammengekniffenen Augen suche ich den Aus-Knopf, doch bis ich ihn gedrückt habe, dauert es noch einige Sekunden, die meinem Haar ein paar Teigklumpen mehr bescheren.

„Okay“, sage ich, reibe mir den Teig aus den Augen und grinse in die Kamera. „Das war eine Demonstration dafür, wie es *nicht* funktioniert“, sage ich lachend und wende mich dann wieder der Maschine zu. Dieses Mal drücke ich den Deckel besonders fest drauf.

Den schönen Teigklumpen packe ich dann auf ein rechteckiges Blech. „Sieht gut aus!“, stelle ich fest und stelle schon mal den Ofen an, ehe ich Pflaumen und Streusel auf dem Kuchenboden verteile.

„Pause?“, frage ich etwas leidend, und Özlem senkt die Kamera.

„Läuft doch super!“, sagt sie, und jetzt kichert Fritzi. „Oh je, ich musste mich doch zurückhalten, nicht dauernd zu lachen. Du bist so ein Tollpatsch, Mira.“ Sie hat Tränen in den Augen.

„Ich kann nicht mehr“, stöhne ich. „Kann ich mir ein T-Shirt von dir leihen, Fritzi?“ Ich blicke an meinen verschmierten Klamotten herab.

„Auf keinen Fall!“, greift Özlem ein. „Erst wenn das Video fertig ist, kannst du die Kleidung wechseln.“

Murrend gebe ich mich geschlagen.

„Habt ihr Lust auf Limo?", fragt Fritzi, und ich entgegne: „Oder wir gehen ein schnelles Eis essen?"

Özlem und Fritzi blicken sich an. „Gute Idee. Aber die Kleidung kannst du leider nicht wechseln! Sonst sind die Flecken nachher noch woanders als jetzt."

Fett und Zucker

Unsere Lieblingseisdiele ist nur wenige Gehminuten von Fritzis Elternhaus entfernt, und so muss ich die missbilligenden Blicke auf meinem verkleckerten T-Shirt nur kurz ertragen.

„Hey, Felix", rufen wir drei, als wir die Eisdiele betreten. „Du arbeitest im Moment aber ganz schön viel hier, oder?", fragt Özlem, und Felix schiebt seine Brille hoch.

„Das stimmt. Ich spare auf ein neues Fahrrad, deshalb bin ich fast jeden Tag da."

Dann bemerkt er mein Outfit. „Was ist denn mit dir passiert?" Ich sehe, dass er ein breites Grinsen unterdrücken muss.

„Kuchen backen", sage ich und nehme meine Waffel entgegen.

„Wolltet ihr unserem Eis untreu werden?!", fragt er mit gespieltem Entsetzen.

Jetzt springt Özlem mir hinzu. „Wir drehen wieder ein Video." Sie zwinkert. „Wird lustig!"

„Oh!" Felix hebt die Augenbrauen. „Cool, ich bin gespannt! Die Resonanz aufs erste Video war ja wirklich groß."

„Özlem hat einen Plan entwickelt, um *Eisfabrik* vor der Auswahl der beliebtesten zehn Bands bekannter zu machen", springt Fritzi hinzu. „Und an dem ...“, sie betrachtet mich von oben bis unten. „... arbeiten wir.“

Felix scheint wieder ehrlich interessiert zu sein, doch Özlem hebt die Hand. „Tut mir leid!“, sagt sie mit ihrer professionellen Stimme. „Weiteres erfährst du demnächst, wenn das Video online geht.“

Wir verabschieden uns, und Felix und ich lächeln uns noch einen Moment zu, ehe wir den Rückweg antreten.

Der zweite Teil läuft nicht viel besser als der erste. Erst rutscht meine Hand vom buttrigen Blech, und die Pflaumenhälften kullern durcheinander, dann steigt dunkler Rauch aus dem Ofen hervor, und wir holen hustend den Kuchen mit verbrannter Ecke wieder heraus.

Doch Özlem scheint das nicht zu stören, im Gegenteil. Nur Fritzi ist doch ein bisschen entsetzt. „Sag mal, Mira“, fragt sie irgendwann, „wie bist du bisher eigentlich durchs Leben gekommen?“

Ich zucke mit den Schultern. „Am Ende ging bisher immer alles glatt. Gerade so.“ Ich grinse. „Außerdem habe ich doch euch, meine Schutzengel.“

Fritzi fasst sich an die Brust und tut so, als würde sie dahinschmelzen. „Das ist ja so süß von dir“, sagt sie mit schmalziger Stimme.

Doch Özlem unterbricht unsere Schleimerei mit einem resoluten Klatschen.

„Aufgepasst! Jetzt drehen wir den Anfang.“

Sie stellt sich wieder hinter die Kamera, und ich platziere mich vor dem noch warmen, leicht angebrannten Kuchen. „Und was soll ich sagen?“, frage ich, doch Özlem winkt ab.

„Mach was Spontanes. Das kannst du am besten!“

„Okay.“ Ich trete von einem Bein auf das andere.

„Und bitte!"

Ich setze mein Kamerastrahlen auf. „Esst ihr gern Kuchen? Ich esse Kuchen fast so gern wie Eis und habe gedacht, heute backe ich Pflaumenkuchen."

Ich blicke hinunter auf das Ergebnis. „Na ja … wenn ihr sehen wollt, was alles falsch laufen kann und worauf ihr achten müsst, damit der Kuchen nicht so aussehen soll …", ich hebe das Blech hoch, „… dann schaut euch dieses Video an. Und außerdem …", ich deute auf mein Shirt, „… tragt am besten eine Schürze." Wieder grinse ich und rufe dann: „Ach ja! Wir lieben Fett und Zucker. Spart auf keinen Fall mit Fett oder Zucker!"

Özlem macht schnell die Kamera aus, und meine Freundinnen lachen wieder.

„Du bist so unmöglich, Mira."

„Wieso denn?", frage ich verwundert.

„Spart auf keinen Fall mit Fett oder Zucker!", macht Fritzi mich mit großen Augen nach und lacht dann wieder. „Du hättest dein Gesicht sehen sollen."

„Das war prima", sagt Özlem. „Der Anfang war noch etwas gestellt, aber zum Ende hin wurde es besser. Wollen wir den Anfang noch einmal drehen?"

„Ach, lass doch", meint Fritzi, „ich finde der Anfang war auch lustig, gerade weil er so gestellt war."

Ich bin froh über Fritzis Unterstützung, und damit beenden wir den Drehtag. Zuerst gehe ich duschen und leihe mir ein neues T-Shirt. Dann spazieren Özlem und ich mit der Kamera noch zum Probenraum und tun so, als wäre jetzt Bandprobe und ich würde die anderen mit Kuchen überraschen. Wir enden damit, dass ich reingehe. Morgen wollen wir einen zweiten Teil drehen, in dem ich den anderen Kuchen bringe und wir kleine Interviews führen. Das war natürlich Özlems Idee, aber ich finde sie ganz gut, dann geht es wieder mehr um die ganze Band.

Abends im Bett schnüffle ich an meinen Haaren. Sie riechen eindeutig nach Teig und Vanillezucker.

Schon am nächsten Morgen zeigt mir mein Handy an, dass *Eisfabrik* ein neues Video hochgeladen hat. Oh weh, da hat Özlem bestimmt die ganze Nacht geschnitten. Hoffentlich haben ihre Eltern nichts mitbekommen, sonst kriegt sie lebenslangen Hausarrest.

Ich drücke auf „Play" und muss ziemlich oft lachen. Das Video ist echt gut, die Schnitte schnell, ab und zu läuft das Video auf doppeltem Tempo mit Stummfilmmusik unterlegt, und ich komme wie ein riesengroßer Tollpatsch rüber. Gut, das war vorher auch schon so.

Madita sieht mich am Frühstückstisch mit giftigen Augen an. Sie streicht ihre blonde Mähne zurück. „Pflaumenkuchen", schnauft sie. „Musste das schon wieder sein?!" Gerade kommt mein Vater zu uns und balanciert zwei Tassen Kakao.

„Was musste sein?", fragt Papa fröhlich, und ich sehe meine blöde Schwester beschwörend an.

„Nichts", sage ich, und sie hebt eine Augenbraue, geht aber zum Glück nicht weiter drauf ein.

Denn Papa habe ich von meiner kleinen YouTube-Karriere natürlich weiterhin nichts erzählt.

Freiwilliges Risiko

Bis zur großen Pause sehe ich nicht auf mein Smartphone, doch dann kann ich es nicht mehr aushalten: Das Video hat so viele Likes und Kommentare bekommen, und ganz offensichtlich haben einige meiner Klassenkameradinnen das Video gesehen.

In der Sportumkleide kommt Lisa zu mir. Sie trägt einen pinken Sport-BH und streckt mir ihren Oberkörper entgegen, als wolle sie mich damit beeindrucken. „Sag mal, Mira, hast du nichts Besseres zu tun, als die Welt mit unsinnigen Videos zu überschwemmen?"

Ich stütze die Hände auf die Hüften. „Klar habe ich das. Aber mich mit dir abzugeben gehört nicht dazu."

„Ich fand das Video superlustig", ruft Karlotta aus der Ecke, „ich habe mich schlapp gelacht."

„Ich mich auch", stimmt ihr Sophie zu. „Ich habe schon für euch gevotet, ich hoffe, ihr kommt ins Finale." Lisa zieht eine Grimasse.

Obwohl mir ihre Kommentare eigentlich egal sind, nagen ihre Sprüche schon an meinem Selbstbewusstsein. Da tut es gut, dass einige aus meiner Klasse offenbar hinter der Sache stehen.

Trotzdem bin ich wütend. Zum Glück haben wir jetzt Basketball, da kann ich meine Wut in einige gut platzierte Körbe stecken.

Dann kommt Deutsch. Früher habe ich nach dem Sportunterricht nicht geduscht, die Zeit war mir zu knapp, und ich wollte lieber gemütlich mein Pausenbrot essen, doch irgendwie ist es mir jetzt wichtig, gut zu riechen.

Ich stopfe mir also hastig, aber dafür geduscht, den Rest meines Brotes rein, als ich mich neben Leo auf den Stuhl fallen lasse. Inzwischen muss mich Altmann nicht mehr dazu ermahnen, ich mache das ganz automatisch.

„Hey", sagt Leo und schaut mich irgendwie besonders aufmerksam an. „Ich habe dein Video gesehen."

„Äh … also", stammle ich, „du meinst *unser* Video?"

„Ja, klar", verbessert er sich, „also das auf eurem Band-Account, auf dem aber nur du zu sehen bist. Und Kuchen backst … oder eher … lustig versagst."

Er lacht, aber ich weiß nicht, ob er mit mir oder über mich lacht.

„Sorry, ist nicht böse gemeint", meint er dann und legt mir die Hand auf die Schulter. Ich mag es, wenn er mich berührt.

„Dann ist ja gut", entgegne ich und knalle demonstrativ mein Deutschbuch auf den Tisch. Huch, so laut sollte das aber nicht sein! Leo schaut mich unter dem blonden Pony etwas irritiert an. „Temperament", sage ich nur, schlage das Buch irgendwo auf und tue so, als würde ich lesen.

„Das Buch ist falsch herum", meint er nur trocken, und sein Mundwinkel zuckt. Oh weh, jetzt werde ich auch noch rot!

„Nun, Mira, wenn du so engagiert bist, dann kannst du direkt mal deine Hausaufgabe vorlesen", tönt Altmanns tiefe Stimme an mein Ohr. Ich zucke zusammen. Hausaufgaben? Mist. Ich habe natürlich den ganzen Tag das Video gedreht.

„Ich … ähm …“ Ich spüre, wie mir Leo ans Knie tippt, und er schiebt mir unauffällig sein aufgeschlagenes Heft hin.

Zum Glück hat er eine ordentliche Schrift, und ich lese den fremden Text beinahe ohne zu stocken vor.

„Danke, Mira“, sagt Altmann mit erhobenen Augenbrauen. „Das war ein hervorragender Aufsatz.“

Ich atme erleichtert aus.

„Von Leonard.“ Sein Blick ist hart wie Beton, als er mich damit durchbohrt. Ich schaue schnell weg.

„Ich vermerke mir, dass du die Hausaufgaben nicht hattest.“ Er zückt sein berühmt-berüchtigtes braunes Notizbuch. „Und den Betrugsversuch notiere ich auch“, er sieht auf, „bei euch beiden.“

Auch Leo schaut bedröppelt. „Leonard, ich habe Mira nicht neben dich gesetzt, damit du ihre Hausaufgaben machst. Du sollst ihr eine fachliche Hilfe sein und natürlich immer auch an die eigene Leistung denken!“ Nachdem Altmann sein Büchlein wieder in die Lederweste gesteckt hat, drehe ich mich zu Leo um. „Danke trotzdem“, sage ich zerknirscht, „und es tut mir leid, dass du jetzt diesen Eintrag bekommen hast.“

„War ja mein Risiko“, raunt er zurück. „Das ist nicht so schlimm.“ Dann wechselt er das Thema. „Wann gibt es denn ein neues Video?“

Das nächste Video soll es möglichst bald geben, deswegen balanciere ich am Nachmittag das Kuchenblech von Fritzi auf dem Rad zum Proberaum. Gestern haben wir ein Fake-Blech für die kurze Szene mitgenommen, um den Kuchen kühl bei Fritzi lagern zu können.

Zum Glück kippt mir nichts hinunter, das hätte zu mir gepasst. Aber dann hätte sich Özlem wahrscheinlich geärgert, nicht mit der Kamera dabei gewesen zu sein. Souverän schließe ich mein Fahrrad ab, und dann, kurz vor der Garage, stolpere ich doch und kann das Blech nur um ein Haar vor dem staubigen Boden retten.

Gemüselasagne

Als ich die Garage betrete, ist Özlem schon da und baut ihr Stativ auf.

Costas steht neben der Tür und zieht erfreut die dunklen Augenbrauen hoch, als ich reinkomme.

„Hallo, Mira“, sagt er und umarmt mich fest. „Das Backvideo ist wirklich genial.“

„Ja, findest du?“, frage ich. Ich hatte ein bisschen Sorge, dass meine Leute es doof finden, wenn wir auch Videos ohne Band-Inhalt posten.

„Klar! Du bist superlustig, und Özlem hat es mit dem Schnitt und der Technik mega drauf!“ Er überlegt kurz. „War eine gute Idee, dass wir vor der Abstimmung richtig Werbung machen. Vier Wochen haben wir noch. Was hältst du davon, wenn wir neben YouTube und Facebook auch noch Instagram nutzen?“

„Das hat Özlem auch vorgeschlagen“, erwidere ich. „Aber meinst du nicht, das ist alles ein bisschen viel?“

„Ach!“ Costas winkt ab. „Das müssen wir doch nur bis zum Ende der Abstimmung durchziehen“, meint er. „Erst einmal.“ Er grinst mich an.

„Vielleicht haben du und Özlem recht", seufze ich. „Aber klär du das mal mit Karl und Arthur."

Es stellt sich heraus, dass beide nichts dagegen haben, solange es ihnen nicht zu viel Arbeit macht.

„Ich muss ein bisschen schauen, dass ich in Chemie durchkomme", meint Arthur entschuldigend, „deshalb kann ich mich nicht völlig reinstürzen."

„Wenn ihr wollt, übernehme ich das", schlägt Özlem vor. „Ich gebe euch allen natürlich die Zugangsdaten, aber ich könnte dafür sorgen, dass regelmäßig gepostet wird und alles aktuell bleibt."

Alle sind einverstanden.

„Und jetzt verteilt Mira Kuchen!"

Dieser Videodreh ist nicht ganz so aufwendig wie der letzte, denn ich soll nur mit einem Blech Kuchen reinkommen, und wir alle müssen so aussehen, als schmecke er vorzüglich. Bis auf die schwarzen Ecken ist er tatsächlich passabel.

„Wir müssen aufpassen, dass Mira als Mädchen in der Band, das Kuchen backt, nicht in eine typische Mutti-Rolle gedrängt wird …", überlegt Özlem laut. „Wie wäre es, wenn einer von euch Jungs das nächste Mal etwas mitbringt und wir das wieder so filmen, als wäre das bei euch so ein Ritual?"

„Ich habe ein gutes Cupcake-Rezept", meldet sich Karl.

„Prima!", sagt Özlem. „Kannst du zur Probe nächste Woche welche backen?"

Karl stimmt zu, und dann nimmt Özlem noch ein paar Kurzinterviews auf, in denen sie uns allen Fragen zur Band, aber auch zur Lieblingsmusik, Filmen und der Schule stellt. Das macht mir mehr Spaß, denn dieses Mal bin ich nur eins von vier Bandmitgliedern, die gleichermaßen viele Fragen gestellt bekommen.

Als Özlem einpackt, sagt sie: „Ich poste das Video erst in ein paar Tagen. Wenn wir täglich etwas hochladen, wird es zu viel und die Vorfreude bei unseren Followern kommt nicht auf. Aber wenn ihr wollt, können wir noch ein Gruppenfoto als ersten Instagrampost machen."

Sie holt ihr Handy raus und fotografiert uns, wie wir alle mit dicken Backen Kuchen essen.

„Dann bis bald", verabschiedet sie sich, und wir vier Bandmitglieder bleiben zurück.

„Uff." Ich lasse mich aufs Sofa fallen. „Wollen wir jetzt proben? So ganz normal? Das tun, was wir als Band *eigentlich* tun?"

Dann setze ich mich endlich an mein Schlagzeug und vergesse eine Weile all den Trubel, die Videos und den Contest. Und die Hausaufgaben, die vergesse ich auch. Das fällt mir erst wieder ein, als ich gegen elf zu Hause ankomme und mal wieder mit schlechtem Gewissen versuche, in mein Zimmer zu schleichen.

Natürlich klappt es nicht. Tamara kommt gerade aus dem Bad, als ich schon fast die Tür geschlossen habe. „Da bist du ja", flüstert sie. „Dein Vater hat sich Sorgen gemacht. Aber keine Sorge, ich verrate nichts."

Zu spät. Da streckt Papa den Kopf aus dem Schlafzimmer. Sein Blick ist müde. „Mira", sagt er leise, „so geht das nicht. Wir müssen uns alle an Vereinbarungen halten, sonst klappt das hier nicht."

„Ich weiß", sage ich zerknirscht, „die Probe lief aber so gut und wir haben richtig toll gespielt."

„Morgen Familienrat", sagt er nur und verschwindet schon wieder im Schlafzimmer. Oh weh, Familienrat, das klingt schlimm. Familienrat wird nur einberufen, wenn wir wirklich alle zusammen etwas besprechen müssen.

Da kommt er plötzlich doch noch einmal heraus. „Ich habe Gemüselasagne gemacht“, sagt er. „Dein Lieblingsessen. Ist erstaunlich gut gelungen, schade, dass du nicht da warst. Ich habe dir eine Ecke aufgehoben. Aber wenn du nicht willst, Tamara würde sie sofort nehmen. Die futtert gerade wie für zwei.“

Na toll, jetzt habe ich natürlich ein noch viel schlechteres Gewissen.

Dann fällt mir ein, dass ich vorhin ja nur Kuchen gegessen habe, und mein Magen fängt bei dem Gedanken an etwas Herzhaftes an zu rumoren.

„Danke, Papa“, sage ich nur und schleiche in die Küche. Da wartet es, ein großzügiges Stück Lasagne, nur für mich, auf einem blauen Porzellanteller. Ich setze mich seufzend und probiere. Nur ein ganz bisschen versalzen, und die Zucchini ist etwas zu grob geschnitten und sehr bissfest, aber sonst schmeckt es total lecker.

Ich esse mein Stück auf und schleiche in mein Zimmer. Jetzt noch Hausaufgaben machen? Nee. Ich setze darauf, dass ich nicht drankomme.

Romantisch?!

Mein wirkliches Problem am nächsten Tag ist nicht die Hausaufgabe, sondern die Deutscharbeit, die ich völlig vergessen habe.

Sogar Özlem ist überrascht, als Altmann die Blätter austeilt. Es kommt eigentlich nie vor, dass sie Klassenarbeiten vergisst.

„So ein Mist", murmelt sie mir zu. Ich weiß, dass sie mich meint, nicht sich selbst.

Nur Fritzi hat offenbar daran gedacht und zückt flink den Stift, um loszulegen.

„Mira", sagt Altmann. „Du setzt dich bitte nach vorn vor das Pult, allein."

Widerwillig stehe ich auf und trage meine Sachen rüber an den kleinen Einzeltisch. Was für eine Strafe.

Ich lese die Aufgabenstellung durch und kapiere nichts. Die Buchstaben verschwimmen, und als ich meinen Namen schreiben will, versage ich schon fast.

So sitze ich da, anderthalb Stunden, und versuche mich an der Szenenanalyse eines Dramas, das ich nicht gelesen habe. Super. Ich hatte schon öfter in Klassenarbeiten das Gefühl, es nicht besonders gut zu können, aber so schlimm wie heute war es noch nie.

Völlig geknickt gebe ich am Ende meinen mageren Versuch ab. Zu dritt verlassen wir den Klassenraum, und Fritzi strubbelt sich vergnügt durch die blauen Haare. „Ging doch, oder?“, fragt sie fröhlich, und Özlem blickt sie strafend an. „Fritzi!“, raunt sie, und Fritzi sagt: „Oh!“, und dann reden wir nicht mehr drüber.

„Schwänzen wir und gehen Eis essen?“, frage ich niedergeschlagen. Ich weiß, dass beide sehr ungern schwänzen, aber als Nächstes kommt Französisch, worauf wir heute alle keine Lust haben, und die Doppelstunde Kunst bei der ewig erkälteten Frau Lerche fällt heute aus. Also tun mir die beiden den Gefallen, wir packen unsere Schulranzen und machen uns auf den Weg ins *Firenze*.

„Oh weh“, sagt Felix, als er mich sieht. „Ist etwas passiert?“

„Frag nicht“, entgegne ich tonlos.

„Eine verhauene Deutscharbeit“, meint Fritzi. „Wir brauchen heute viel Pistazieneis.“

„Sag mal, musst du nicht zur Schule um die Uhrzeit?“, fragt Özlem ihn misstrauisch. Felix schiebt sich die Brille etwas ertappt zurecht. „Müsst ihr nicht eigentlich auch zur Schule?“ Özlem schaut überrascht. „Du hast recht“, meint sie.

„Ich bin kurzfristig eingesprungen“, erklärt Felix dann. „Normalerweise gehe ich natürlich in den Unterricht. Aber ihr wisst ja, das neue Fahrrad …“

Dann nimmt er den Eislöffel und zieht ihn durch das grüne Pistazieneis. Wir setzen uns nach draußen, sind die einzigen Gäste, und Fritzi zückt ihr Handy.

„Mira, hast du denn den neuen Kommentar von Noisette16 gesehen?“, fragt sie aufgeregt. „Vielleicht heitert der dich auf!“

Sie scrollt einen Moment mit dem Finger, dann hält sie mir das Gerät hin, und ich lese.

Liebe Mira, es ist toll, wie authentisch du dich zeigst, das tun die wenigsten Menschen so öffentlich. Lass dich nicht unterkriegen, von niemandem, auch nicht von Leuten wie L. und M. Ich bin schon jetzt ein Fan! Dein Noisette16.

„Was meint sie denn mit L. und M.?", frage ich laut, und dann geht es mir auf. „Mark und Lisa!" Und sofort rufe ich: „Sie kennt mich und mein Umfeld?! Sie hat mitbekommen, dass Mark und Lisa so fies sind?!"

Fritzi rollt mit den Augen. „Wieso denn *sie*?", fragt sie. „*Er*! *Dein* Noisette16! Es ist ein *er*!" Sie setzt ihren verschwörerischen Blick auf und verdreht die Augen nach oben. „Wenn du mich fragst, ist es ein zauberhafter Er, der dir auf diesem Wege sagen will, dass er dich mag."

Der Gedanke gefällt mir nicht. „Wie gruselig!", rufe ich. „Da ist ein Mensch, der mich beobachtet und öffentlich kommentiert, ohne sich zu offenbaren?!" Ich überlege. „Ob ich die Polizei rufen sollte?!"

„Nein, Mira", weist Fritzi mich zurecht. „Das ist doch … romantisch." Sie lächelt verklärt.

Und auch Özlem, unsere leistungsstarke rationale Freundin, hat plötzlich ein dämliches Grinsen aufgesetzt.

„Es ist ein Rätsel!", sagt sie begeistert. „Vielleicht will er, dass du herausfindest, wer er ist, dein Noisette16. Er findet dich toll!"

In dem Moment bringt Felix unser Eis, und bei Özlems Worten guckt er irgendwie komisch und verschwindet sofort wieder.

Mein Kopf dreht sich, ich bin überfordert.

„Also", beginnt Fritzi verschwörerisch. „Was wissen wir bisher über ihn?"

Özlem zückt ihren Collegeblock und reißt eine Seite heraus.

„Ich notiere", sagt sie und blickt uns gespannt an.

„Er kennt Mira. Er kennt die Leute auf unserer Schule. Und er schaut die *Eisfabrik*-Videos", entgegnet Fritzi und setzt eine enttäuschte Miene auf. „Das ist ja nicht sehr viel."

Jetzt ist auch Özlem angesteckt. „Das finden wir heraus! Wir finden heraus, wer das ist!"

„Was?!", entgegne ich entsetzt. „Ihr wollt auf Stalker-Jagd gehen?!"

„Quatsch!", meint Fritzi unwirsch. „Das ist doch kein Stalker, er hat sich nur die öffentlichen Videos angesehen. Das ist eine romantische Seele."

Ich mache eine Würgebewegung.

„Jetzt tu mal nicht so uninteressiert! Das ist doch spannend", weist mich auch Özlem zurecht.

„Ja, ich sehe an meiner Schwester Madita, wie spannend das ist", pampe ich zurück. „Jedes Mal gibt es ein kleines Drama, wenn er sie nicht will oder sie ihn nicht oder Schluss ist, und kurz darauf ist alles wieder vergessen, und der nächste Typ ist ihre große Liebe. Für den aktuellen Kerl hat sie sich ihre schönen Haare blond gefärbt. Nein, danke!"

Fritzi dreht sich zu Özlem um. „Wir warten ab. Wir können ein andermal drüber sprechen", schlägt sie vor.

„Gute Idee. Wir wollen sie nicht überfordern."

„Hallo!" Ich winke mit den Händen vor den Gesichtern der beiden herum. „Ich bin hier! Ihr könnt ruhig *mit* mir sprechen."

Doch die beiden lachen nur, knuffen mich freundschaftlich, und weil ich ihnen nie wirklich böse sein kann, sind wir sofort wieder versöhnt.

Außerdem muss ich aufpassen, dass mein Eis nicht schmilzt. Also lasse ich es für den Moment gut sein, und wir fangen gemeinsam an, uns über Özlems Nachhilfe aufzuregen. Das ist immer ein dankbares Thema.

Familienrat

Ich vergesse im Laufe des Nachmittags beinahe, dass wir heute Familienrat haben. Zum Glück denke ich rechtzeitig daran, sonst wäre ich noch mit Fritzi nach Hause zum Filmschauen gegangen. Das ist Freitagabend Tradition in ihrer Familie.

Als ich in die Küche komme, sind Madita und mein Papa bereits da und bereiten das Abendbrot vor. Um weitere Katastrophen zu verhindern, haben wir irgendwann einmal beschlossen, dass es an Familienrat-Abenden keine Kochexperimente gibt, derentwegen das Gespräch ins Wasser fallen könnte. Madita schneidet Tomaten und Brot, mein Vater packt eine bunte Mischung von Gemüse-Aufstrichen aus seinem Rucksack und spült noch schnell drei kleine Teller ab.

„Schön, dass du da bist", meint er, während er mir den Rücken zuwendet. Irgendetwas schwingt in den Worten mit. Vielleicht *im Gegensatz zu den anderen Abenden* oder *und heute mal die Regeln einhältst.*

„Na klar", sage ich und setze mich zu meiner Schwester, schnappe mir eine Gurke und schneide sie in feine Scheiben. Normalerweise hören wir Musik, wenn wir in der Küche zu tun haben, jetzt aber ist es ungewöhnlich still. Hat Papa etwas von den YouTube-Videos mitbekommen? Oder hat Madita gepetzt?! Sie sitzt ganz unschuldig da mit ihren neu erblondeten Locken und würdigt mich keines Blickes. Bestimmt wollte sie sich mit Linus treffen und muss jetzt am Freitagabend beim Familienrat rumhängen.

Ich frage mich, ob Papa wirklich etwas gegen die Videos hat. Aber er hätte sich bestimmt gewünscht, dass er gefragt worden wäre.

Papa stellt noch Teller, Messer und Gläser bereit, dann setzen wir uns und schnappen uns alle erst einmal eine Scheibe Brot. Ich bin allerdings zu unruhig, um das Brot wirklich zu essen, mein Mund ist trocken, und ich würge es eher hinunter.

„Meine Lieben", beginnt Papa, „heute war ich es, der sich einen Familienrat gewünscht hat."

Das überrascht mich nicht. Madita vermeidet das meistens.

„Und heute geht es für mich um zwei Dinge. Einmal um die Regeln, die wir gemeinsam aufgestellt haben und über die wir wohl noch einmal reden müssen. Und um Schule."

Jetzt sieht auch Madita auf. Geht es vielleicht nicht nur um mich?

„Ich habe gedacht, wir sollten noch einmal darüber sprechen, ob die Regeln, die wir haben, vielleicht angepasst werden müssen, damit sich alle daran halten. Konkret meine ich einerseits die Zeit, zu der ihr zu Hause sein sollt, besonders unter der Woche." Bei den Worten blickt er mich an. „Und andererseits das Thema Telefonieren und Handy beim Essen und während Gesprächen." Bei dem Punkt sieht er Madita an.

„Und dann ist vorhin noch ein weiterer Punkt dazugekommen. Mira, dein Deutschlehrer, Herr Altmann, hat mich angerufen. Ihr habt wohl heute eine Klassenarbeit geschrieben, von der ich nichts wusste, und deine hat er bereits korrigiert. Er hat ernsthaft Grund zur Sorge, dass deine Versetzung gefährdet ist."

Irgendwie sieht Papa bei diesen Worten traurig aus. Bestimmt denkt er wieder, dass er ein schlechter Vater ist, denn ich weiß, dass er es hasst, streng zu sein.

„Ihr wisst beide, dass ich Schulnoten für nicht allzu wichtig halte, solange sich alles in einem Rahmen abspielt, in dem ihr gut mitkommt. Aber wenn ich das Gefühl habe, wie bei dir, Mira, dass dein Kopf voll mit Bandproben und Freundinnen ist und du darüber die Schule vergisst, dann muss ich eingreifen."

Madita legt ihr Brot ab und meint: „Der Altmann hat Mira doch auf dem Kieker. Schon lange!", und ich bin überrascht, dass sie mir beisteht.

„Danke", sage ich knapp, und sie nickt mir zu. Wir sind in den wichtigen Momenten nämlich einfach Schwestern.

„Das glaube ich euch ja!", sagt Papa und sieht uns flehend an. „Ich war auch nicht der allergrößte Lehrerliebling. Aber, Mira, es geht jetzt um deine Versetzung!"

Ich kaue zerknirscht auf meiner Unterlippe herum. Mein Vater ist der Letzte, der mir Stress mit der Schule macht. Wenn ich daran denke, wie es bei Özlem so läuft, ist mein Vater superlieb. Aber jetzt merke ich, dass es doch eine Grenze gibt.

„Tut mir leid", sage ich.

„Mira, es soll dir nicht leidtun. Es ist am Ende nicht mein Problem, sondern deins. Aber ich möchte für dich natürlich nur das Allerbeste! Und ich kann mir nicht vorstellen, dass du ohne Fritzi und Özlem in die Schule gehen möchtest."

Er hat recht. Ohne Fritzi und Özlem halbiert sich meine Motivation. Mein Herz fängt an zu klopfen. Was, wenn ich Deutsch wirklich nicht packe?!

„Papa!", rufe ich panisch. „Was hat Altmann noch gesagt?!"

„Na ja." Mein Vater lehnt sich zurück und beißt in sein Brot. „Er meinte, dass die nächste Klassenarbeit deutlich besser laufen muss, um die Note auszugleichen. Und dass du ein Referat halten sollst, wenn die Versetzung noch in Aussicht stehen soll."

„Ein Referat", stöhne ich.

„Ist doch nicht so schlimm." Madita legt mir eine Hand auf den Arm. „Ich bin gut in Referaten, ich kann dir helfen."

Ich lächle sie an. „Nichts für ungut", sage ich vorsichtig, „aber wir kriegen uns doch immer in die Haare, wenn du mir bei der Schule helfen willst."

Ich sehe Madita an, dass sie etwas Patziges antworten will, doch sie schließt den Mund und schweigt. Ich habe recht, und sie weiß das.

„Also", sagt Papa, „mein Vorschlag wäre, dass du dich reinhängst und als Erstes an diesem Referat arbeitest. Was denkst du, Mira?"

„Ja", gebe ich etwas widerwillig zu. „Das muss ich wohl."

Da kommt mir ein Geistesblitz, und ich springe sogar vom Stuhl auf. „Ich frage Leo!"

„Was?" Madita sieht mich schräg einen. „Einen *Jungen*?"

„Einen Jungen, der super in Deutsch ist! Vielleicht hilft er mir!"

Mein Vater sieht erleichtert aus. „Ja, frag ihn doch mal. Er kennt auch euren Lehrer, das ist doch eine gute Idee."

Er atmet aus. „Puh", sagt er und reibt sich über die Stirn. „Erstes Thema abgehakt. Ich mag es wirklich nicht, euch in die Schule reinzuquatschen."

„Du bist echt cool, Papa", grinse ich. Am Montag werde ich Leo fragen! Özlem ist natürlich auch super in Deutsch, aber sie hat einfach nicht so viel Spaß daran wie an Mathe oder Geschichte. Da will ich sie damit nicht nerven.

„Nächstes Thema." Papa setzt wieder seine strengere Stimme auf. „Eure Ausgehzeiten."

Mist. Da bin ich schon wieder betroffen. „Mira, besonders du hältst dich nicht an unsere gemeinsamen Abmachungen. Das geht so nicht. Um zehn Uhr sollst du zu Hause sein, du bist erst vierzehn. Und wenn es doch mal später wird", er macht eine Pause, „dann ruf an, und wir reden im Einzelfall drüber. Aber ich möchte es nicht mehr erleben, dass es nach zehn ist und ich dich auf dem Handy nicht erreichen kann. Wofür habt ihr die Dinger denn?!"

Auch damit kann ich leben, die Regel ist fair und galt vorher ja auch schon.

„Aber Mira", jetzt sieht er mich wieder direkt an, „wenn sich das mit der Schule weiter verschlechtert, dann müssen wir über kürzere Zeiten reden und vor allem darüber, ob du momentan weiter in der Band spielen kannst."

Das sitzt. „Aber gerade jetzt ..." Ich kneife mir in den Oberschenkel. Fast hätte ich mich verraten.

„Ja?" Mein Vater sieht mich fragend an. Madita räuspert sich. Wehe, sie sagt etwas!

„Schon gut", erwidere ich ruhiger. „Alles klar, ich bemühe mich."

Papa nickt zufrieden.

„Das letzte Thema sind Smartphones." Madita dreht eine blonde Locke um ihren Finger und verdreht die Augen.

„Ihr könnt in euren Zimmern telefonieren, so viel ihr wollt. Aber nicht, wenn wir gemeinsam essen wollen. Und SMS schreiben müsst ihr auch nicht, wenn wir beisammensitzen."

Madita stöhnt. „Wir schreiben doch heute keine SMS mehr, Papa", korrigiert sie ihn.

„Was auch immer ihr schreibt“, setzte er wieder an, „es muss nicht sein, wenn wir in der Realität zusammensitzen.“

„Aber Linus und ich …“ Madita bricht ab und meint dann: „Okay.“

„Ich habe hier eine kleine Handy-Box.“

Papa zaubert eine rote Schachtel unter seinem Stuhl hervor. „Ich dachte, wir stellen sie hier auf die Fensterbank. Wenn wir beisammen sind, legen wir alle unsere lautlos gestellten Geräte hinein.“

Mit großer Geste nimmt er seinen uralten Knochen aus seiner Hosentasche und platziert ihn in der Kiste. Jetzt hält er sie uns auffordernd hin. Ich stelle mein Handy auf lautlos und lege es dazu. Madita sträubt sich natürlich, macht aber mit. Dann stellt Papa die Kiste auf die Fensterbank und lächelt uns erleichtert an. Beherzt beißt er ins Brot, und auch ich nehme mir noch eine Scheibe und packe jede Menge Humus drauf.

„So“, sagt er. „Wollen wir nach dem Essen noch etwas zusammen spielen? Skat vielleicht?“

Er schielt zu Madita herüber. Denn, man kann es kaum glauben, aber mit Skat locken wir sogar Madita manchmal zu einer Familienaktivität.

„Na gut“, sagt sie. „Aber nur, wenn ich jetzt noch ein Brot mit Schokoaufstrich essen darf.“ Das ist normalerweise abends bei uns verboten.

„Deal“, sagt Papa, und später spielen wir noch erstaunlich lange Karten, ohne auf unsere Handys zu blicken.

Schon wieder!

Samstagmorgen stehe ich früh auf und setze mich tatsächlich an meinen Schreibtisch, um die nächste Lektüre zu lesen, die wir in Deutsch besprechen werden. Wir lesen *Antigone*, eines dieser uralten griechischen Dramen, von denen ich am allerwenigsten verstehe. Schon nach einer Seite stöhne ich. Das wird ja ein Spaß. Aber irgendwie muss ich es schaffen, dieses Mal besser abzuschneiden. Vielleicht kann ich ja auch durchs Mündliche noch etwas reißen. Offiziell weiß ich ja noch gar nichts von diesem Referat, aber ich bin mir sicher, dass ich es zum neuen Thema halten soll. Da kann es nicht schaden, frühzeitig zu beginnen, besonders, wenn ich mich nachher noch mit der Band treffe. Costas hat zwei neue Texte geschrieben, und wir wollen uns mal an einer passenden Melodie versuchen.

Als ich den Proberaum betrete, sind Karl und Arthur schon da und klimpern auf ihren Instrumenten herum. Wir klatschen uns ab, und da kommt auch schon Costas. Er umarmt uns alle drei und schlendert dann wieder zu mir.

„Sag mal, weißt du, wann Özlem das nächste Video posten wollte?“

Ich stupse ihn in die Seite. „Du bist ja richtig scharf darauf."

„Ach was!" Er wird fast ein bisschen rot, das überrascht mich. „Es interessiert mich eben, wie ich im Video rüberkomme. Du hast mit deinen lustigen Einlagen schon so gut vorgelegt."

Ich lache. „Ach, komm schon, Costas, ich bin einfach ein Tollpatsch, mehr nicht." Dann will ich davon nichts mehr hören. „Zeigst du uns den neuen Text?"

Wir verbringen fast den ganzen Samstag miteinander. Karl hat ein paar gute Ideen für die Melodie, und zusammen entwickeln wir fast ein komplettes neues Lied. Es fühlt sich großartig an, etwas völlig Neues aus dem Nichts erscheinen zu lassen.

Am Ende hängen wir glücklich und ausgehungert auf dem Sofa herum und bestellen zur Feier des Tages Pizza. Als unser Essen dampfend in Kartons vor uns steht, meint Karl plötzlich: „Hey, das wäre doch ein super Instagram-Schnappschuss", und zückt bereits sein Handy. Oh weh, sind jetzt alle infiziert?! Aber ich sage nichts, ich habe der Instagram-Sache ja auch zugestimmt. Nachdem das Foto gemacht ist, darf ich endlich über meine Spinat-Pizza herfallen. „Sie ist so lecker!", schmatze ich und spucke einen Krümel auf Costas, der ihn sich lachend von der Hose wischt. „Was machst du denn die ganze Zeit?", frage ich Karl, der noch immer am Handy sitzt, während ich bereits mein drittes Stück verschlinge.

„Ach, ich versehe das Bild mit allen wichtigen Hashtags, damit es auch gefunden wird!"

Dafür lässt er seine heiße Pizza stehen.

„Wow, wir haben schon einige Follower", meint Karl erstaunt und hält uns das Handy hin. Tatsächlich.

„Und unter dem ersten Bild schon einen Kommentar: DIE MUSIK IST SUPER! ICH HOFFE, IHR GEWINNT. MIRA, DU BIST DIE COOLSTE, DU UND DEIN SCHLAGZEUG! Von Noisette16."

Costas verschluckt sich und wird rot. Schon wieder dieser Noisette16. „So ein Unfug!", rufe ich. „Es ist doch nur ein dummes Bild." Ich schnaube. „Okay, können wir diese Video-Bilder-Sache jetzt mal kurz vergessen ...?"

„Aber es war doch deine Idee mit dem Contest ...", hakt Arthur ein. „Ich weiß", gebe ich mich geschlagen. „Aber es wäre doch toll, wenn wir auch andere Themen haben. Filme zum Beispiel! Wer will heute Abend noch einen Film hier gucken?!"

Arthur muss aber tatsächlich noch Chemie lernen, und Karl hat ein Date mit seinem Freund. Na toll.

„Ich habe Zeit", sagt Costas und lächelt mich an. Hm. Irgendwie hätte ich mir gewünscht, eher so eine Gruppensache daraus zu machen, aber gut.

Am Ende liegen Costas und ich zusammen auf dem Sofa, er hat den Arm freundschaftlich um mich gelegt, und wir schauen einen Animationsfilm. Jetzt habe ich wieder Noisette16 im Kopf und ärgere mich darüber. Wieso kommentiert der in einer Tour, ohne zu sagen, wer er ist? Ich kann mich kaum auf den Film konzentrieren, so sehr denke ich nach.

Nach dem Film springe ich auf und mache mich sofort auf den Heimweg, obwohl Costas vorgeschlagen hat, noch einen Tee zusammen zu trinken. Doch so schaffe ich es heute tatsächlich, um kurz vor zehn die Haustür aufzuschließen.

Kaffeeklatsch

Am Sonntag ist das Wetter erstaunlich schlecht, und Fritzi schlägt vor, dass wir uns im *Firenze* treffen und heißen Kakao trinken. Ich stimme zu. Papa und Tamara turteln in der Küche herum, und Madita ist bei Linus, da kommt mir ein gemütlicher Kaffeeklatsch bei strömendem Regen sehr gelegen.

Ich bin die Erste und schüttele meine Regenjacke aus, nachdem ich das Café betreten habe.

„Du bist echt hartnäckig bei dem Unwetter!", tönt Felix' Stimme von der Theke zu mir.

„Und du arbeitest ja wirklich *immer* hier!", gebe ich zurück und hänge die Regenklamotten an die Garderobe. Dann reserviere ich schon mal unseren Lieblingstisch in der Ecke am Fenster. Heute kommen sicherlich nicht viele Gäste.

„Pistazieneis?", fragt Felix und hebt schon mal seinen Eislöffel.

„Nein, danke", entgegne ich. „Heute gibt es Kakao, und ich warte noch auf Fritzi und Özlem."

„Und wenn ich dir eine Kugel aufs Haus gebe?" Er grinst verschmitzt, und natürlich sage ich nicht Nein. Die anderen sind ja sowieso noch nicht da. Also setze ich mich zu Felix an die Theke und lasse mir eine Kugel im Porzellanbecher geben. „Danke!", sage ich und: „Sehr freundlich!"

In dem Moment fällt mir auf, dass ich mich noch nie richtig mit Felix unterhalten habe, obwohl wir uns so häufig sehen.

„Was ist denn eigentlich dein Lieblingseis?", frage ich.

„Haselnuss", antwortet er, „alles mit Nuss, aber besonders Haselnuss."

Ich nicke wissend. „Kann ich unterschreiben. Alles mit Nuss, aber am liebsten Pistazien, das ist keine richtige Nuss, ich weiß." Ich denke kurz nach. „Und was ist dein liebstes Hobby? Neben Eisverkaufen?"

Er lacht. „Wird das ein Verhör?"

„Ja", erwidere ich frech und kratze die Reste in meinem Becher zusammen.

„Ich fahre supergern Fahrrad im Wald. Deshalb spare ich auch auf ein besseres Rad. Und sonst", er überlegt kurz, „lesen, Salsa tanzen mit einer Freundin und Handball."

„Nicht schlecht. Und dass, obwohl du so viel arbeitest." Ich nicke anerkennend.

„Und deine sind Eisessen und die Band, oder?"

„Stimmt", sage ich, und mir fällt auf, dass ich nicht nur wenig über ihn weiß, sondern dass er mich andersherum viel besser kennt.

„Und …" Da umarmt mich ein Arm von hinten und zieht mich fast vom Barhocker. Ich schreie auf. „Fritzi!" Fritzi kichert nur blöde und ruft Felix zu: „Tut mir leid, ist mein Date", und zieht mich rüber zu unserem Tisch.

„Das ist richtig unhöflich!", zische ich ihr zu, lächle Felix entschuldigend an, doch der ruft: „Ich muss eh die Spülmaschine ausräumen", und verschwindet in der Küche.

Doch Fritzi gackert nur, und da kommt auch schon Özlem rein, mit dickem Rucksack bepackt. Sie deutet darauf: „Meine Eltern denken, ich sei bei der Mathenachhilfe. Aber ich habe jetzt mit dem Mädel einen Deal geschlossen: Ich gehe nicht mehr hin, und sie bekommt weiter das Geld, aber verrät dafür auch nichts." Sie grinst. „Großartig, oder? Ich werde jetzt so oft Mathenachhilfe nehmen, wie es geht." Und dann packt sie in aller Seelenruhe ihren Notizblock aus.

Ich blicke sie zweifelnd an. „Hast du kein schlechtes Gewissen deinen Eltern gegenüber? Nachhilfe ist doch teuer!" Ich denke daran, wie mein Vater mit dem Geld herumgeknapst hat, als Madita mal akut Hilfe in Englisch brauchte.

„Pff." Özlem pustet eine schnittlauchglatte schwarze Strähne aus ihrem Gesicht. „Ganz ehrlich? Nein. Sie zwingen mich, dorthin zu gehen, obwohl das absolut unnötig ist. Außerdem haben sie das Geld doch."

Das stimmt. Özlems Mutter ist eine ziemlich erfolgreiche Anwältin, und ihr Vater verdient als Ingenieur auch nicht schlecht.

Dann senkt sie verschwörerisch die Stimme. „Habt ihr den neuen Kommentar von Noisette16 bei Instagram gesehen?"

Ich nicke leidend, Fritzi erfreut. „Oh ja!", säuselt sie.

Ergeben blicke ich meine Freundinnen an. „Leute", beginne ich und denke daran, wie ich gestern, in Costas Armen liegend, über die Identität von Noisette16 nachgedacht habe, „ich bin dabei."

„Was?!", fragt Özlem irritiert.

„Na, wir müssen herausfinden, wer das ist. Damit der Spuk ein Ende hat."

Meine Freundinnen blicken sich begeistert an. Fritzi quiekt, und Özlem schlägt ihren Block auf.

„Das habe ich gehofft!“, sagt sie und kaut auf einem Kuli herum. „Wir müssen Indizien sammeln. Fallen stellen. Und irgendwie rausfinden, wer dich da so toll findet.“

Ich habe erneut den Impuls, zu widersprechen, doch ich muss jetzt auch wissen, wer das ist. Hoffentlich erwartet mich keine böse Überraschung.

„Das Wichtigste ist“, Özlem macht eine Tabelle in ihrem Heft, „wer kommt überhaupt infrage?“

„Leo“, ruft Fritzi wie aus der Pistole geschossen und senkt dann schnell wieder die Stimme. „Auf jeden Fall Leo. Wie der dich im Deutschunterricht anhimmelt, ist das auf jeden Fall ein Kandidat.“

„Sehe ich auch so“, bekräftigt Özlem. An Leo hätte ich auch als Erstes gedacht.

„Ich bringe Costas mit ins Rennen“, ergänzt sie dann.

„Costas?“, frage ich, doch sofort erinnere ich mich daran, wie er gestern beim Film den Arm um mich gelegt hat.

„Ich habe doch schon ein paarmal Videos mit euch gedreht“, erklärt Özlem, „und Costas war immer richtig aufgeregt. Immer wenn du kamst, hat er dich besonders aufmerksam begrüßt. Costas ist auf jeden Fall dabei!“

Sie notiert seinen Namen.

„Mark?“, kichert Fritzi, und wir machen mit. „Klar, der macht mich fertig, weil er eigentlich in mich verknallt ist“, witzle ich.

Özlem will ihn schon notieren, doch ich halte sie davon ab. „Das ist genauso unrealistisch wie ein essbares Fünf-Gänge-Menü, das mein Vater gezaubert hat.“

Özlem gibt nach: „Also quasi unmöglich.“

„Was ist mit Karl und Arthur?“, gibt Fritzi zu bedenken, doch auch die kann ich ausschließen.

„Karl ist in der totalen Verliebtheitsphase mit seinem neuen Freund, und Arthur himmelt seit fast einem Jahr eine aus der Parallelklasse an."

Meine Freundinnen denken nach. So viele männliche Freunde, mit denen ich Kontakt habe, gibt es gar nicht. Dann leuchten Fritzis große blaue Augen wieder mit ihren Haaren um die Wette. Sie beugt sich vor und winkt uns zu sich. „Was ist mit … Felix?"

„Felix?", flüstere ich und denke an das nette Gespräch eben. „Nicht ganz unmöglich."

Özlem notiert. Wir denken noch kurz nach, doch dann fällt uns niemand mehr ein. Drei sind ja auch wirklich genug!

Fallen und Fangfragen

Nachdem Özlem alles aufgeschrieben hat, fasst sie zusammen: „Wir haben drei Kandidaten, die wir genau unter die Lupe nehmen müssen. Mira, was hast du für Indizien, die dafürsprechen?"

Ich schieße los: „Also, Leo kommt mir auch ziemlich flirty vor. Er berührt mich immer am Arm oder Rücken, gibt mir Bonbons, und neulich hat er sogar einen Eintrag in Kauf genommen, um mir zu helfen. Außerdem erwähnt er öfter, wie cool er unsere Videos findet."

„Es muss Leo sein", schließt Fritzi daraus.

„Costas", mache ich unbeirrt weiter, „freut sich, laut Özlem, immer sehr, mich zu sehen. Gestern ist er mit mir noch zum Filmschauen geblieben und hat sich richtig angekuschelt und seinen Arm um mich gelegt –"

„Was?!", ruft Fritzi dazwischen.

„Ja", beschwichtige ich sie, „aber das machen wir oft so. Wir kennen uns ja schon eine ganze Weile. Und die Videos findet er auch super, das ist ja klar. Ach ja, neulich ist er rot geworden, als wir den Noisette16-Kommentar gelesen haben!"

„Es muss doch Costas sein", haucht Fritzi.

„Na ja, und Felix“, starte ich mit dem Letzten, „ist auch immer sehr nett und interessiert. Als es hier im *Firenze* mal um Noisette16 ging, hat er ganz komisch geguckt. Eben wollte er sich unbedingt mit mir unterhalten und hat mir ein Eis ausgegeben. Und Fan der Videos ist er auch.“

„Vielleicht doch Felix“, kommentiert Fritzi.

Özlem notiert alles in ihrer Tabelle und vergleicht sie mit dem, was wir gestern als Profil aufgeschrieben haben.

„Nach dem, was wir wissen, kommen alle drei infrage“, schließt sie messerscharf. „Alle drei kennen dich, alle kennen Mark und Lisa, weil sie auf unsere Schule gehen. Und von allen dreien wissen wir, dass sie die Videos schauen und mögen.“

Sie drückt auf ihrem Kuli herum.

„Özlem, du solltest nicht Ärztin oder Anwältin werden, sondern Detektivin.“

Özlem blickt kurz in die Luft. „Interessante Idee! Aber zurück zu deinem Verehrer …“

„Wollt ihr eigentlich etwas bestellen?“ Wir drei zucken zusammen, als Felix plötzlich mit seinem Kellnerblock hinter uns steht. Hoffentlich hat er nichts mitbekommen, das wäre so peinlich!

Er sieht interessiert auf Özlems Aufzeichnungen, die sie schnell mit den Händen bedeckt. „Neues Skript! Ist noch geheim …“ Sie verhaspelt sich und schlägt den Block zu. Felix hebt beschwichtigend die Hände. „Alles klar, geheim. Wollt ihr trotzdem etwas bestellen? Mira, was möchtest du denn?“

Fritzi und Özlem sehen sich bedeutungsvoll an.

„Einen Kakao“, versuche ich, möglichst locker zu antworten, und die anderen schließen sich mir an. Irgendwie hat heute keine von uns Lust auf Eis.

Nachdem Felix losgeht, um den Kakao zu machen, atmet Özlem erleichtert aus.

„Das war knapp“, meint sie nur. Doch dann setzt sie wieder die gespannte Miene auf. „Wie gehen wir vor?“, fragt sie.

Fritzi überlegt: „Wir müssen alle Noisette16-Kommentare analysieren. Und dann stellen wir Noisette16 eine Falle!“ Ihre Augen leuchten. „Wir versuchen, uns mit ihm zu verabreden, und Mira guckt, wer da kommt!“

„Und dann?“, frage ich. „Nee, nee, das klingt nicht gut. Lass uns mal subtiler anfangen.“

„Fangfragen!“, schlägt Özlem vor. „Zum Beispiel so etwas wie: *Bist du eigentlich gerade verliebt …?*“

„Total subtil“, entgegne ich, doch Özlem macht einfach weiter. „*Was ist dir besonders beim Video aufgefallen?*, und dann prüfen wir, ob er die gleichen Worte wie Noisette16 nutzt. Herausfinden, wann er feste Termine und Hobbys hat, und dann um genau die Zeit ein Video oder Bild hochladen und schauen, ob Noisette16 doch schreibt, denn dann können wir ihn ausschließen.“

„Das ist gut!“, sage ich. „So könnte es funktionieren! Heute Abend machen wir noch eine kleine Probe unseres neuen Lieds. Um 19 Uhr starten wir. Özlem, meinst du, du könntest so gegen 19.30 das nächste Video hochladen? Vielleicht können wir Costas dann direkt ausschließen, falls Noisette16 während der Probe kommentiert.“

„Klar! Super Idee!“ Özlem notiert unsere Pläne. „Hey, Mira, ich mache hier ein Bild von dir, okay? Für Instagram. Das kann ich demnächst posten, dann bekommen die Leute etwas von dir mit.“

Ich stöhne. „Na gut“, sage ich, hebe den Kakaolöffel und lächle in die Kamera.

Bei der Begrüßung am Abend bin ich etwas nervös. Costas drückt mich wieder fest an sich. „Hey“, sage ich mit wackeliger Stimme. Was, wenn es wirklich Costas ist, der unsere eigenen Videos kommentiert? Müssen wir dann komplizierte Gespräche über Gefühle führen, damit die Band weiterläuft? Oder würde es einfach damit aufhören, wenn ich sage, dass ich kein Interesse an unnötigem Liebesquatsch habe?

Ich zwinge mich dazu, locker zu sein, und schaue dennoch krampfhaft auf die Uhr. Arthur kommt etwas zu spät, und wir fangen erst einmal nur zu dritt an. Irgendwann kommt er dann doch, da ist es Viertel vor acht.

„Ich nutze die Pause mal kurz“, meint Costas und verschwindet auf dem Klo. Na toll.

Die ganze restliche Probe kann ich mich kaum konzentrieren. Ich schaue dennoch erst zu Hause aufs Handy. Noisette16 hat das neue YouTube-Video von der Kuchen-Bandprobe kommentiert. Um 19.47. Zufall oder wichtiges Indiz?

Sieht ja aus, als ob euch der Kuchen schmeckt … trotz verbrannter Ecke. Ich habe das Rezept versucht nachzubacken und finde, das Ganze ist eine tolle Idee für den Spätsommer. Meiner ganzen Familie hat der Kuchen geschmeckt. War ja auch mit viel Fett und Zucker. Liebe Grüsse! Noisette16

Er hat tatsächlich Likes von anderen Zuschauerinnen für diesen Kommentar bekommen. Ich sehe, dass auch *Eisfabrik* dem Ganzen ein Herzchen gegeben hat. Wer von uns das wohl war? Wenn es Costas war, dann wird es ja wohl kaum sein eigener Kommentar gewesen sein. Das muss ich herausfinden!

Rettungsreferat

Im Kunstunterricht erzähle ich meinen Freundinnen von dem fehlgeschlagenen Experiment. „Und dann ist er *ausgerechnet* um Viertel vor acht aufs Klo gegangen!" Özlem stöhnt auf. „Na toll! Andererseits ist es natürlich auffällig, dass gerade dann auch Noisette16 schrieb."

Leo läuft mit einem Klumpen Ton an uns vorbei. „Hey, Leo", ruft Özlem ihm zu. Er sieht sie überrascht an und kommt zu uns herüber. „Sag mal, bist du im Moment verliebt?"

Özlem ist manchmal so furchtbar direkt.

„Äh …", sagt er und sieht erst mich, dann Fritzi verwirrt an. „Ehrlich gesagt … ja. Aber sie weiß nichts davon." Er wird ein bisschen rot und marschiert schnell mit dem Ton davon. Fritzi prustet. „Du bist so schrecklich, Özlem!", keucht sie. „Der arme Junge! Er hat nur geantwortet, weil du ihn so aus der Fassung gebracht hast."

„Na, umso besser", erwidert Özlem mit feinem Grinsen und trägt etwas in ihren Block ein.

Auch ich bin rot geworden. Verliebt ist er also … aber auch in mich?! Himmel, ist das anstrengend! Was wäre, wenn Leo in mich verliebt ist? Wie stehe ich eigentlich zu ihm? Gut finde ich Leo ja schon.

Mist, ich wollte ihn ja wegen der Deutschnachhilfe fragen. Das traue ich mich jetzt nicht mehr. Wobei, ehe ich die Versetzung nicht schaffe und Fritzi und Özlem als Klassenkameradinnen verliere … entschlossen lasse ich meine halbe Tonfigur stehen und laufe zu Leo rüber.

„Leo, kann ich dich etwas fragen?"

„Okay", meint er langsam. „Auch so etwas, wie Özlem gefragt hat?" Er sieht nach rechts und links, doch die anderen scheinen alle in den braunen Ton vertieft. Irgendwo bei der Tafel steht Frau Lerche und niest.

Ich lache nervös. „Nein, keine Angst! Ich habe ein fettes Problem in Deutsch und wollte wissen, ob wir uns vielleicht mal zum Lernen treffen könnten. Ich backe dir zum Dank auch einen Kuchen deiner Wahl!"

„Kuchen backen kannst du ja vorzüglich, das habe ich in dem Video gestern bestätigt bekommen", grinst er.

„Und … hast du ihn nachgebacken?" Die Frage ist viel zu offensichtlich. Er grinst nur breiter. „Willst du etwa herausfinden, ob ich ein echter *Eisfabrik*-Fan bin?" Beantwortet hat er die Frage damit nicht. „Wie wäre es mit morgen Nachmittag?"

„Was?!"

„Na, wegen Deutsch treffen."

„Oh, äh, na klar! Passt super! Was ist denn dein Lieblingskuchen?"

Er denkt kurz nach. „Schoko-Brownies sind lecker." Er grinst noch einmal und knetet dann wieder an seinem Ton herum.

Ratlos tappe ich zu meinen Freundinnen zurück.

„Er hat das Video gestern gesehen", zische ich, „und *vielleicht* hat er sogar den Pflaumenkuchen nachgebacken. Aber das ist nicht sicher."

Hektisch notiert Özlem. „Gute Arbeit, Mira“, sagt sie, „wirklich gute Arbeit!“

Das Video wird mal wieder im vierstelligen Bereich geklickt, und als Mark und Lisa tuschelnd beieinanderstehen und mit dem Finger auf mich zeigen, weiß ich natürlich, worum es geht. Ich ignoriere es, so gut es geht. Wenn ich richtig hingesehen habe, standen bei den beiden aber noch mehr Leute, und im Laufe des Tages habe ich das Gefühl, dass mir mehr als einmal missbilligende Blicke zugeworfen werden. War das mit dem Social-Media-Kram vielleicht doch eine dumme Idee?

In der Deutschstunde bekommen wir die Klassenarbeiten zurück.

Eine glatte Fünf. Ich bin nicht überrascht. Trotzdem sitzt die rote Note mit dem Ausrufezeichen.

„Es ist keine Sechs, weil ich dir ein paar Trostpunkte dafür gegeben habe, dass du überhaupt etwas geschrieben hast“, sagt Altmann zu mir. „Wenn du die Versetzung dieses Jahr schaffen willst, brauchst du gute Zensuren als Ausgleich. Erst einmal steht natürlich das Halbjahreszeugnis an. Wenn du es schaffst, da eine Drei zu bekommen, bin ich beim Versetzungszeugnis vielleicht milde gestimmt. Aber im Moment“, er seufzt, „sehe ich schwarz.“ Er knallt Leo das Heft hin. Aus den Augenwinkeln sehe ich, dass es eine Eins minus ist.

„Ach ja“, Altmann wendet sich nun doch noch einmal zu mir, „ich möchte, dass du dein Ausgleichs-Referat zu unserem neuen Drama *Antigone* hältst. Damit könntest du die Fünf vorerst ausgleichen. Nächste Woche. Thema: Die Vorgeschichte zu Antigone, also wie lässt sich die Geschichte in die Mythologie einordnen, was passierte vorher, und wie sind Antigones Familienverhältnisse?“

„Alles klar“, entgegne ich tonlos. „Mache ich.“

„Natürlich machst du das“, sagt Altmann nur und geht dann weiter.

„Das kriegen wir hin!“, raunt Leo mir zu und drückt meinen Arm. „Morgen bei mir wie verabredet?“

Ich nicke. Die Unterstützung habe ich bitter nötig.

Schoko-Brownie mit Zwiebelschmalz

Am frühen Abend lege ich Papa das Heft zum Unterschreiben hin, und auch er ist nicht überrascht. Wir reden nicht weiter drüber, denn in dem Moment fallen mir die Schoko-Brownies im Ofen ein. „So ein Mist“, fluche ich und rase in die Küche, ziehe in Windeseile Ofenhandschuhe über und nehme das Blech aus dem Ofen. Der Rand ist schwarz, der Rest sieht aber noch genießbar aus. Erleichtert stelle ich den dampfenden Kuchen auf den Herd.

„Du solltest das mit dem Backen lassen“, flachst Madita, die in dem Moment in die Küche kommt und sich den Orangensaft aus dem Kühlschrank nimmt. „Ich habe das letzte Video gesehen und frage mich, weshalb du deine Misserfolge mit allen teilen musst.“

„Und du solltest das mit den blonden Haaren lassen“, murmle ich. „Ich weiß echt nicht, wieso du diesen Stilfauxpas allen zeigen musst.“

Ihre Wangen röten sich vor Wut. „Blöde Kuh“, zischt sie und gießt sich viel zu schwungvoll ein Glas Saft ein. Natürlich schwappt der

Inhalt über, doch ohne die Flecken wegzuwischen, rauscht sie aus der Küche.

Stattdessen kommt Tamara rein und setzt sich an den Tisch. Ihre schwarzen Locken stehen wild vom Kopf ab, und irgendwie sieht sie durch den Wind aus.

„Alles klar?“, frage ich und beginne, den warmen Kuchen in Rechtecke zu schneiden.

„Ja“, sagt sie und schüttelt den Kopf. „Ich habe schon wieder Hunger. Darf ich einen?“

Sie nimmt einen besonders großen Brownie und beißt rein.

„Hm … irgendwie …“

„Schmeckt er nicht?“, frage ich erschrocken. Die sollen doch mein Dankeschön für Leo sein!

„Doch, doch … nur irgendetwas fehlt.“

Sie geht an den Kühlschrank, wühlt darin herum und zieht begeistert das Zwiebelschmalz aus einem Fach. Dann greift sie sich ein Messer und schmiert mit ernsthafter Miene Schmalz auf den Brownie.

„Tamara …“, stöhne ich, doch sie hebt entzückt die Augenbrauen. „Köstlich! So ist es perfekt!“, schmatzt sie und hält mir das Gebäck zum Testen hin.

Ich zögere, doch grundsätzlich bin ich ein neugieriger Mensch und probiere deswegen ein Eckchen. Es schmeckt grauenhaft! Der schöne Brownie ist völlig verhunzt. Ich würge das Stück hinunter.

Mein Gesicht sagt wohl bereits alles, denn Tamara fragt nicht weiter nach, sondern mampft in Seelenruhe das eklige Ding zu Ende. Ich hingegen verziere einzelne Brownies noch mit Kuvertüre und Streuseln. Hoffentlich gefallen sie Leo!

Da fällt mir ein, dass ich mal Instagram checken wollte. Özlem hatte vor, das Eiscafébild von mir hochzuladen. Hat sie auch getan.

Das Bild ist ganz nett, darunter hat sie geschrieben: NEUE VIDEOIDEE … NATÜRLICH IN UNSEREM LIEBLINGSCAFÉ FIRENZE.

Wieder gibt es bereits viele Likes und auch ein paar Kommentare. Mein Herz schlägt kurz höher, als ich auch einen von Noisette16 finde.

DAS CAFÉ FIRENZE IST SUPER! EIS UND KUCHEN, DAS SIND DEINE SÜSSESTEN SCHWÄCHEN, ODER, MIRA? ICH WÜRDE ALLERDINGS GERN MEHR ÜBER DICH ERFAHREN. WANN GIBT ES EIN NEUES VIDEO? UND DEN NÄCHSTEN KUCHEN HOFFENTLICH AUCH BALD … ODER?

Mir wird kurz heiß. Puh. Mehr über dich erfahren … Das Gefühl, einen Stalker zu haben, bleibt, auch wenn Fritzi es mir ausreden will. Andererseits … Felix, Costas und Leo mag ich alle drei total, wieso sollten sie dann mit mysteriösen Kommentaren anfangen?

Okay, Analyse. Für Felix spricht, dass er das Café gut findet und nur meine Vorliebe für Süßkram kennt.

Für Leo spricht, dass der letzte Satz eine Anspielung darauf sein könnte, dass ich ihm Kuchen für morgen backe. Außerdem ist er im Moment verliebt und weiß eigentlich auch nichts über mich.

Zu Costas gibt es die wenigsten Hinweise. Er liebt allerdings auch das Café Firenze, und vielleicht tarnt er sich mit seinem angeblichen Nichtwissen über mich und die Videos. Alles andere wäre auch zu offensichtlich.

Ich schicke Özlem meine Gedanken, und sie meint, dass der Kommentar am meisten auf Leo hindeutet, dann auf Felix und zuletzt auf Costas. Hätte ich auch so gesagt.

Tamara nimmt sich verstohlen einen zweiten Browni, greift zum Messer und schmiert Zwiebelschmalz drauf.

„Es gibt doch bald Essen, Tamara", ermahne ich sie, als wäre ich ihre Mutter, doch sie flötet nur: „Och, bis dahin habe ich wieder Hunger!" Dann nimmt sie noch einen Brownie und verschwindet.

Madita kommt in die Küche zurück und stellt ihr Saftglas ab.

„Hey, Mira", sagt sie in versöhnlicherem Tonfall. „Ich habe heute Leute aus meinem Jahrgang über eure Videos lästern hören."

„Hm", sage ich mit einem unschönen Gefühl im Bauch.

„Lasst das doch besser! Dinge, die im Internet landen, kannst du letztlich nie wieder löschen. Bitte. Ich sage das nicht nur wegen mir."

Ich habe ja schon mitbekommen, dass Leute über uns reden, aber dass dies sogar im Jahrgang meiner Schwester passiert, ist mir neu.

„Ich muss trotzdem weitermachen. Mindestens bis zum Contest!" Meine Stimme klingt stärker, als ich mich fühle.

Madita schnaubt. „Und du musst Papa irgendwann etwas erzählen." Sie räumt ihr Glas in die Spülmaschine. „Sonst mache ich das."

Ich habe mich eh gewundert, dass sie mir noch kein Ultimatum gestellt hatte.

„Ach ja, weißt du, wer dich vorhin verteidigt hat vor diesen ganzen Kotzbrocken?"

„Wer?"

„Felix aus der Eisdiele. Hat sich richtig für dich eingesetzt, ganz schön lieber Kerl."

Und dann sehe ich nur noch ihre hellblonden Haarspitzen aus der Küche fliegen.

Angesichts der neuen Info sind mir die Lästerleute fast egal. Sofort schreibe ich meinen Freundinnen, was sie verraten hat. Die romantische Fritzi schickt ein rosa Herz zurück, und Özlem schreibt: DAS KÖNNTE UNSER BISHER WICHTIGSTES INDIZ SEIN!

Die süßeste Schwäche

Ich bin aufgeregt, als ich am nächsten Nachmittag mit der Dose voll Brownies in der Hand bei Leo klingle. Eine Frau mit blauen Augen und blonden Locken öffnet mir. „Hallo", sage ich höflich.

„Du musst Mira sein", strahlt sie. „Leo erzählt so oft von dir …"

Sie macht die Tür weit auf, damit ich eintreten kann.

„Mama, bitte …" Hinter ihr taucht Leo auf und umarmt mich zur Begrüßung. Mal wieder habe ich das Gefühl, dass er eben ein bisschen rot geworden ist. Innerlich notiere ich mir die Reaktion und muss, sobald ich hier aufs Klo kann, Özlem schreiben, damit sie alles in ihr Büchlein kritzelt.

„Komm, wir gehen in mein Zimmer", sagt er und schiebt mich an seiner Mutter vorbei.

„Möchtest du etwas trinken, Mira?", fragt sie schnell.

„Och, gern", entgegne ich und bleibe stehen.

„Kakao, Limonade, frisch gepressten Orangensaft …"

„Frisch gepressten Orangensaft? Wow!", entfährt es mir. Sie zwinkert mir zu. „Ich mache euch mal einen Krug." Dann verschwindet sie irgendwo in der unteren Etage des Hauses. Ich steige Leo auf einer Treppe mit frei an der Wand befestigten Stufen hinterher bis in den ersten Stock. Er öffnet eine weiße Tür und ruft: „Tadaaa, mein Zimmer."

Ich bin beeindruckt. Es ist nicht nur riesengroß, sondern auch so aufgeräumt wie bei mir einmal in zwei Jahren.

Ob er für mich aufgeräumt hat oder ein extrem ordentlicher Typ ist? Noch so ein Gedanke, den ich später weiterleiten muss.

„Ui", sage ich nur. An den Wänden hängen Aquarellbilder, und seine Möbel sind aus hellem Holz. Er besitzt ein großes Bett, einen Schreibtisch vor einer langen Fensterfront, einen kleinen Couchtisch neben zwei blauen Sitzsäcken und ein riesiges Regal, vollgestellt mit Büchern.

„Hast du alle gelesen?", frage ich.

„Ja. Manche mehrfach", entgegnet er und holt aus der Ecke einen zweiten Stuhl an seinen Schreibtisch. „Und wer hat die Bilder gemalt?", ist meine nächste Frage.

„Ich. Ich gehe einmal die Woche zur Malschule, und mit Aquarellfarben arbeite ich am liebsten."

Ich gehe im Zimmer umher. Es sieht kein bisschen so aus, wie ich mir das bei einem vierzehn Jahre alten Jungen vorstelle.

Es klopft an der Tür.

„Ich will euch nicht stören, ihr Täubchen", säuselt Leos Mutter und balanciert ein Tablett mit zwei Gläsern und einem großen Krug Orangensaft rein.

„Mama, noch störst du nicht", stöhnt Leo, „wir arbeiten ja bisher gar nicht. Aber danke für den Saft."

Lächelnd schließt sie die Tür wieder hinter sich und schaut, so lange es geht, durch den immer schmaler werdenden Türspalt.

„Okay", sagt Leo schnell, „wollen wir starten?"

Offenbar ist ihm die Situation ein wenig unangenehm.

„Klar!“ Ich setze mich auf den Stuhl, den er für mich geholt hat, und stelle die Dose ab. „Hier sind übrigens die Schoko-Brownies.“

„Lecker!“, sagt Leo und nimmt den Deckel ab. Er atmet tief ein: „Riecht richtig gut!“ Dann greift er zu, und es scheint ihm zu schmecken. „Mira, Kuchen scheint echt deine süßeste Schwäche zu sein.“

Ich erstarre. Genau der Wortlaut von Noisette16! Meine Hand fängt leicht an zu zittern. Ist es Leo?! Oder war das Zufall?!

„Ich muss noch einmal auf Toilette“, krächze ich und stürze aus dem Zimmer.

„Die letzte Tür links“, ruft Leo mir hinterher.

Das Bad ist genauso schick wie sein Zimmer, mit vornehmen goldenen Türklinken und Handtuchringen, einer Whirlpool-Badewanne und dicken weißen Handtüchern. Er lebt echt in einer völlig anderen Welt als ich. Mit zitternden Knien lasse ich mich auf dem perlmuttfarbenen Klodeckel nieder und wähle Özlems Nummer.

„Hallo?“

„Hier ist Mira“, zische ich und halte die Hand vor den Hörer.

„Hey, Mira! Wieso flüsterst du?“

„Ich bin bei Leo auf dem Klo …“

„Du bist was?!“

„Na, wegen Deutsch.“

„Ach so. Und?“

„Er hat gerade gesagt: Kuchen ist deine süßeste Schwäche.“

Schweigen.

„Und er war vorhin total nervös, als seine Mutter meinte, er würde viel von mir erzählen.“

„Mira!“ Jetzt flüstert Özlem auch, obwohl sie bestimmt nicht muss. „Das sind wahnsinnig wichtige Hinweise! Vielleicht haben wir ihn damit schon überführt!“

„Ich weiß nicht", druckse ich herum, „vielleicht war das nur Zufall."

„Hmpf." Ich höre, dass Özlem mit dieser Aussage nicht einverstanden ist. „Ich notiere alles. Und du reißt dich zusammen und konzentrierst dich auf das Referat. Ich möchte nicht, dass du sitzen bleibst, weil du Detektivin spielst!"

„Alles klar", murmle ich. „Wir sehen uns morgen in der Schule."

„Ich informiere Fritzi."

„Prima. Bis dann!"

Ich lege auf und betätige demonstrativ lange die Klospülung.

Auf dem Heimweg ist es bereits dunkel, und ich denke an den vergangenen Nachmittag. Ich habe es geschafft, mich so weit zu konzentrieren, dass ich mit Leo einen soliden Grundstein für mein Referat legen konnte. Leo ist echt klasse, er erklärt gut und hat ein Händchen für Strukturen. Außerdem hat er das Drama schon einmal gelesen und kennt sich mit der Vorgeschichte aus, er hat mir weitere Bücher dazu geliehen, und ich denke, wenn ich mich die nächsten Tage hinsetze, dann bekomme ich das so auf die Reihe, dass Altmann zufrieden sein wird. Und Leo hat sogar selbst vorgeschlagen, dass wir uns vor der nächsten Klassenarbeit wieder treffen.

Trotzdem konnte ich Noisette16 natürlich nicht ganz verdrängen. Wenn es Leo ist, wieso spielt er dieses Versteckspiel, wieso sagt er nichts?

Grübelnd gehe ich an der Bushaltestelle vorbei und vergesse, stehen zu bleiben. Erst als der Bus an mir vorbeirauscht, fällt mir das auf. Egal, dann laufe ich eben noch ein Stück. Ein sanfter Nieselregen beginnt zu fallen, und das tut meinem heißen Kopf voller Gedanken in dem Moment ganz gut.

Cupcake-Probe

Mittwochabend haben wir wieder Probe mit Kamera. Özlem nimmt die Versuche unseres neuen Liedes auf, und Karl hat wie versprochen jede Menge Cupcakes gebacken. Ich bin echt beeindruckt. Er hat sie mit dicker Buttercreme und silbernen Zuckerkügelchen verziert.

„Schön", sage ich, und Özlem filmt ein Törtchen aus allen möglichen Richtungen.

„Okay", ruft sie dann, „Costas, sprich du doch noch einmal einen Aufruf zur Abstimmung in die Kamera. Wir wollen ja vor allem Stimmen abfischen."

Sie zückt ihr Handy und macht für Instagram noch ein paar Cupcake-Bilder.

„Och, kann Mira das nicht machen? Sie hat doch eh am meisten Fans", entgegnet Costas träge. „Zum Beispiel Noisette16", murmelt er, doch ich habe es gehört. Auch Özlem blickt bei dem Wort auf.

„Gut, äh … du hast recht. Mira, bitte sag doch noch ein paar Sätze zur Abstimmung und kündige ein Gewinnspiel fürs nächste Video an."

„Ein Gewinnspiel?"

Özlem winkt ab. „Das denke ich mir bis dahin aus!"

Also spreche ich betont locker in die Kamera, verhasple mich zwei Mal ziemlich, Arthur, Karl und Costas brechen im Hintergrund in Gelächter aus, und dann habe ich es geschafft.

„Das Material reicht, vielleicht schaffe ich es, bis morgen ein Video zusammenzuschneiden." Özlem ist zufrieden und packt ihr Zeug zusammen.

Wir verabschieden uns und starten nun mit der eigentlichen Probe. Doch bereits nach einer halben Stunde sagt Costas: „Sorry, Leute, ich bin irgendwie durch. Machen wir Schluss für heute?"

Ich sehe auf mein Handy. Halb neun. Mein Vater hat zwei Mal versucht, mich zu erreichen. In dem Moment kommt eine SMS von ihm: Familienrat spontan heute 21 Uhr? Passt das?

Schon wieder? Gut, dass ich aufs Handy gesehen habe.

Passt, tippe ich zurück. In dem Moment legt sich eine warme Hand auf meinen Rücken. „Hey, Mira", raunt Costas, „hast du mal eine Minute zum Reden?"

„Klar", sage ich, und mein Magen zieht sich zusammen. Was will er mir sagen? Hoffentlich ist Costas nicht Noisette16! Die letzten Hinweise sprachen doch für Leo! Das würde alles komplizierter machen. Allerdings ist der Kommentar neulich ausgerechnet erschienen, nachdem er auf dem Klo war.

Wir setzen uns aufs Sofa, während Karl und Arthur einpacken.

„Ich weiß, diese Band-Contest-Sache ist dir total wichtig, aber ich bin im Moment ein bisschen durch."

„Aha", sage ich tonlos.

„Ich kann mich kaum konzentrieren. Ständig sind meine Gedanken woanders, besonders bei den Bandproben. Ich glaube, ich bin echt verliebt …"

„Costas –", beginne ich.

„Warte!“, schneidet er mir das Wort ab. „Ich meine, der Wettbewerb könnte uns als Band so helfen, aber ich kann gerade nicht meine Bestleistung zeigen. Ich hoffe, du verstehst das. Aber in einem Raum mit dem Mädchen zu sein, an das ich Tag und Nacht denke, das raubt mir so viel Energie, dass ich jetzt zum Proben keine mehr habe.“

„Aber seit wann …?“, frage ich, ohne den Satz zu beenden.

„Eigentlich erst seitdem die Sache mit dem Band-Contest gestartet ist. Da habe ich erst die ganze Leidenschaft, das ganze Talent gesehen und mich Hals über Kopf verknallt.“

Talent?! Ich habe mich doch noch mehr zum Affen gemacht als zuvor.

„Hey …“, sageich sanft, während meine Gedanken mal wieder Karussell fahren, doch dann kommt Karl rüber.

„Los, Costas“, ruft er, „lass uns gehen.“ Die beiden nehmen immer den gleichen Bus, während Arthur und ich Rad fahren.

„Ich komme“, meint Costas und sieht mich noch einmal eindringlich an. „Wir reden demnächst darüber. Bitte sag Özlem und Fritzi nichts und auch nicht Arthur und Karl. Ich muss erst einmal selbst damit klarkommen.“

„Ja, ich auch“, rutscht es mir heraus, und er legt den Kopf schräg und sieht mich an. „Ich hoffe, das ist okay für dich. Deshalb wollte ich mit dir reden.“

„Ähm … klar“, sage ich hastig, „ich muss nachdenken.“

Costas ist also Noisette16. Die komplizierteste Variante. Und ich habe versprochen, meinen Freundinnen nichts zu erzählen.

Ich schwinge mich aufs Rad und vergesse ganz, auf Arthur zu warten. Schnell weg! Außerdem hat mein Vater ja zum spontanen Familienrat gerufen. Ich trete in die Pedale und schaffe es tatsächlich, völlig verschwitzt um kurz nach neun unsere kleine Wohnung zu betreten.

Natürlich bin ich wieder einmal die Letzte, die in die Küche kommt. Madita lehnt hinten am Stuhl und kaut Kaugummi, mein Vater hat den Arm um Tamara gelegt und strahlt. Ungewöhnlich, Tamara ist eigentlich nie beim Familienrat dabei. „Das ist euer Ding", hat sie mal gesagt.

Brav gehe ich zunächst zu der neuen roten Handy-Kiste und lege mein Gerät hinein.

Ich setze mich. „Na, endlich", stöhnt Madita und verdreht ihre großen Augen, „wir warten schon auf dich."

Ich ignoriere sie und blicke meinen Vater gespannt an.

„Kinder, ich … wir … müssen euch etwas sagen", beginnt er und drückt Tamara fest. Tamara lächelt scheu, was sehr ungewöhnlich ist.

„Das klingt nicht gut", entgegnet Madita alarmiert. Ich bin noch zu sehr in meinen eigenen Gedanken, um die nächsten Worte wirklich zu begreifen.

„Tamara ist heute beim Familienrat, weil …", mein Vater zögert, „wir werden bald noch enger … Familie …"

„Ich bin schwanger", platzt es Tamara heraus.

Die Worte dringen wie durch dichten Nebel zu mir. Mit zusammengezogenen Augenbrauen frage ich: „Schwanger? So richtig?"

In dem Moment springt Madita auf, und ihr Stuhl kippt polternd nach hinten um. „Kann ich nicht einfach mal meine Ruhe haben?! Ihr kotzt mich alle an!", brüllt sie, dann verlässt sie die Küche und schlägt die Tür hinter sich zu. Einen kurzen Moment später knallt die Haustür ins Schloss.

Tamara sitzt völlig erstarrt auf ihrem Stuhl, die Augen weit aufgerissen. Auch mein Vater blickt fassungslos zur Tür und streichelt tröstend Tamaras Arm.

„Tja …", murmelt er, „… Tamara, das tut mir furchtbar leid. Madita wird sich bei dir entschuldigen. Sie meint es nicht so …"

„Nicht so schlimm", entgegnet Tamara mit zusammengekniffenen Lippen. Doch ich sehe, dass sie ihre Tränen zurückhält. Ich nehme intuitiv ihre Hand, und sie lässt es zu. „Madita beruhigt sich noch", sage ich mit sanfter Stimme. „Im Moment findet sie alles immer peinlich und versteht es als Angriff auf sich selbst."

Tamara lacht kurz, dann schnieft sie. „Das klingt so erwachsen, Mira", meint sie. „Und ich glaube, du hast deine Schwester ziemlich gut analysiert."

Wir sitzen noch ein bisschen beisammen, und ich starre den Salzstreuer an. Mehr Fragen zu stellen traue ich mich nicht, und die Info ist so richtig auch noch nicht in meinem Hirn angekommen. Außerdem bin ich selbst noch völlig durch den Wind. Wie sollen wir als Band weiter funktionieren?

„Nehmt es mir nicht übel", sage ich, „aber ich muss mal einen Moment allein sein." Ich erhebe mich und nehme mein Handy aus der Kiste.

„Gute Nacht!" Sie versuchen, mich anzulächeln, doch beide sehen verletzt aus. Kein Wunder. Sicherlich haben sie sich eine andere Reaktion von Madita und mir erhofft.

Total privat?

Die nächsten Tage vergehen, ohne dass wir noch einmal über das Baby reden. Aber an Maditas zusammengepressten Lippen und Papas müdem Blick erkenne ich, dass das Thema allgegenwärtig ist. Außerdem kommt Tamara nicht mehr. Normalerweise schläft sie mindestens jeden zweiten Tag hier, sie wohnt in einer kleinen Ein-Zimmer-Wohnung zwei Straßen weiter, und es gibt keinen Grund, sich nicht zu treffen. Außer uns, die blöden Töchter Mira und Madita. Na gut, Madita ist in diesem Fall eindeutig die blödere. Aber auch ich hätte mich mehr freuen können, mehr Enthusiasmus zeigen können, meine Hilfe anbieten können … aber ich weiß gerade selbst nicht, wo ich stehe. Das mit der Schwangerschaft ist so furchtbar abstrakt. Eine kleine Schwester oder einen kleinen Bruder, ich?! Ich bin vierzehn, Madita schon sechzehn. Ich bin mir unsicher, inwiefern wir richtige Geschwister sein werden. Außerdem denke ich so viel an Costas, an die Band und daran, was ich ihm sagen soll.

Die Stimmung zu Hause ist so düster, dass ich versuche, möglichst wenig dort zu sein. Ich schlafe zwei Nächte bei Fritzi, treffe mich nachmittags einmal mit Leo, um das Referat noch einmal durchzugehen, und verbringe meine Zeit ansonsten – man mag es kaum glauben – in der Schulbibliothek, um Deutsch zu lernen. Ich trage noch mehr Taschengeld als sonst ins Café *Firenze*, und bei den Bandproben komme ich immer extra etwas zu spät und gehe als Erste, um bloß nicht allein mit Costas zu sein. Ich meide ihn, versuche, keinen Blickkontakt herzustellen, und als er vorsichtig fragt: „Mira, ist alles okay? Bist du doch sauer?" und Karl dazwischenruft: „Wieso sollte sie sauer sein?", da antworte auch ich nur mit wackeligem Lächeln: „Genau, wieso sollte ich sauer sein?" und verschwinde aufs Klo.

Und an einem Tag, ich weiß nicht, was da mit mir los ist, schnappe ich mir Maditas gute Kamera, baue sie auf, setze mich vor mein Bett und beginne draufloszuerzählen. Das, was gerade in meinem Leben los ist, die Schwangerschaft, der plötzliche Hype um die Bandvideos und wie alles anfing. Diese komplizierte Noisette16-Sache mit Costas spare ich aus, laut darüber zu reden, würde es plötzlich real machen.

Verrückt, aber ich fühle mich danach erleichtert. Ich drücke schon auf den Löschen-Knopf, da fällt mir etwas ein. Ich glaube, es ist eine schlechte Idee, aber aus irgendeinem Grund möchte ich, dass die Welt mich versteht und mir zuhört.

Özlem und ich treffen uns im *Firenze*. Ich betrete den Laden extra etwas früher, weil ich gehofft hatte, Felix zu treffen und das Gespräch von neulich mit ihm fortzusetzen, doch stattdessen steht eine Frau um die vierzig hinter der Theke und reicht einem kleinen Jungen mit Hund Schokoladeneis. Ich merke richtig, wie sich Enttäuschung in meinem Bauch ausbreitet. Schade, ich hätte Felix gern getroffen. Auf dem Schulhof sehen wir uns nur selten und nicken uns dann zu.

„Na, was darf es denn sein?", möchte die Frau wissen, und ich schlucke. Felix hätte das niemals gefragt, sondern nur, wie viele Kugeln ich will.

„Einen Pistazienbecher mit drei Kugeln, bitte“, bestelle ich und setze mich an unseren Lieblingstisch. Es dauerte nicht lange, bis Özlem kommt, sie ist auch etwas zu früh, aber da Felix sowieso fehlt, passt mir das sehr gut. Özlem bestellt ein Spaghettieis und setzt sich zu mir.

„Na, wie war es zu Hause?“, fragt sie und streichelt meinen Arm. Ihre dunklen Augenbrauen sind leicht zusammengezogen, und ich glaube, sie hat Mitleid.

„Och, es geht so“, stöhne ich. „Vorhin war niemand da, Madita hängt die meiste Zeit bei Linus rum, und da Tamara nicht mehr zu uns kommt, besucht Papa sie. Aber es ist mir ganz recht, dass derzeit fast niemand zu Hause ist.“

„Dann habe ich eine Neuigkeit für dich, die dich bestimmt aufheitert“, sagt Özlem und nimmt ihren Arm zurück, um ein paarmal wie ein flatternder Kolibri in die Hände zu klatschen.

„Was denn?“, frage ich wenig begeistert.

„Ihr seid beim aktuellen Voting-Stand für den Contest auf Platz eins!“

Die Information dringt nur langsam und schleppend zu mir vor.

„Toll“, sage ich dann, aber ich fühle es nicht so richtig.

„Professionelles Coaching auf Teneriffa, Fans …“, säuselt Özlem und grinst.

„Okay, okay, es ist wirklich toll!“, sage ich und grinse zurück. Ein bisschen hat sie die Stimmung wieder entfacht.

Dann kommen endlich unsere Eisbecher, und meiner ist nicht so gut wie sonst. Felix streut einfach doppelt so viele Pistazien auf die Kugeln.

Özlem zückt ihr Handy. „Ich poste schnell noch ein Bild auf Instagram von euch, als Teaser für das Video von dem neuen Lied, das wollte ich heute Abend hochladen.“

Sie tippt in rasender Geschwindigkeit auf ihrem Handy herum und ist nur zwei Minuten später fertig.

„So!", sagt sie gut gelaunt und packt es weg, „Welche Idee, willst du mit mir besprechen?"

„Hm … ich", druckse ich herum, denn es ist etwas peinlich. „Ich dachte …"

„Komm schon, du bist doch sonst nicht so zurückhaltend!" Gespannt sieht mich Özlem an, während sie, ohne hinzugucken, in ihrem Eis herummanscht.

„Ich habe ein Video aufgenommen, in dem ich erzähle, wie es mir geht, wie gerade meine aktuelle Lebenssituation ist mit dem Contest, den vielen Proben und der Schwangerschaft von Tamara. Und einerseits ist das total privat, aber andererseits hatte ich auch irgendwie Lust, dass die Menschen davon wissen."

Ich bin mir unsicher, ob ich völligen Blödsinn rede.

„Mira", sagt Özlem, greift mich am Handgelenk und sieht mich eindringlich an, „das ist super! Authentisch, ehrlich, und du nimmst deine Fans …"

Ich räuspere mich.

„… die Leute, die deine Videos gucken …"

„Unsere Videos."

„Na, jedenfalls nimmst du sie mit in dein Leben." Özlem nickt begeistert. „Das ist großartig! Warum bin ich nicht selbst darauf gekommen? So können wir euren Vorsprung sicherlich ausbauen. Wir können den Kanal in drei Kategorien einteilen: Mira spielt, Mira kocht, Mira spricht. Dann erstellen wir Listen mit Videos zu *Eisfabrik* und dem Wettbewerb, Videos, in denen du kochst und backst, und Videos, in denen du aus deinem Leben erzählst und die Leute vielleicht mal irgendwohin mitnimmst."

„Aber ist das nicht mal wieder viel zu sehr auf mich und zu wenig auf die Band ausgerichtet?“

Özlems Griff wird fester. „Das ist unser Konzept, das wir mit allen abgesprochen haben.“

Da hat sie schon recht.

„Wir schauen uns das Video an und entscheiden, in Ordnung?“, schlägt Özlem vor. „Dann sehe ich ja, wie privat es wirklich ist und wie wir es zurechtschneiden können.“

„Na gut“, entgegne ich zweifelnd. „Aber wir prüfen erst einmal, wie es wirkt, und haben noch nichts entschieden“, stelle ich richtig.

„Klar“, zwinkert Özlem und schiebt sich einen großen Löffel Eis in den Mund.

„Können wir zu dir?“

Ich zucke mit den Schultern. Eigentlich vermeide ich unsere Wohnung derzeit, aber andererseits ist fast nie jemand da, und die Videodatei liegt auf meinem Laptop. Von Maditas Kamera habe ich sie natürlich sofort gelöscht.

„Nach dem Eis gehen wir“, entscheide ich, und Özlem ist so angetan von der Idee, dass sie ihren Becher in Windeseile leer löffelt.

Altmann macht mit

Bei mir zu Hause ist Özlem total begeistert von dem Material und sagt nur: „Das ist genau das, was die Follower meinen, wenn sie sich wünschen, mehr über dich zu erfahren“, und sie beginnt gleich mit Auswahl und Schnitt.

Ich kann ihr eh nicht helfen, also setze ich mich noch einmal hin, um mein Referat durchzugehen. Morgen bin ich nämlich dran und jetzt möchte ich auch, dass sich die ganze Arbeit gelohnt hat.

Gegen Abend präsentiert mir Özlem das Video, das genauso wirkt wie Tausende weiterer Vlogs auf YouTube. „Das machen alle so!“, bestätigt sie meine Gedanken, und am Ende hat sie mich so weit, der Veröffentlichung zuzustimmen. Damit es nicht gleichzeitig mit dem letzten Probenvideo online geht, beschließt sie, es morgen oder übermorgen zu posten. „Aber die drei Kategorien einrichten, das mache ich heute Abend noch!“

Dann muss sie gehen, um pünktlich zum Abendessen zu Hause zu sein. Ich bin auch müde, gehe ins Bett und höre erst, als ich schon fast schlafe, die Tür ins Schloss fallen. Keine Ahnung, ob es Madita oder Papa ist.

„… und an diesem Punkt beginnt das Drama *Antigone*, in dem sie gegen das Verbot ihren Bruder bestatten möchte. Aber ab hier lesen wir dann ja gemeinsam weiter."

Ich lasse meine Notizzettel sinken und schließe die Präsentation. Mein Herz klopft, und ich bin froh, dass das Referat jetzt endlich hinter mir liegt, ganz egal, was dabei herauskommt.

Altmann sieht mich an und nickt anerkennend. „Nicht schlecht, Mira", sagt er. „Sehr ausführlich. Ich denke, die Fünf ist damit vorerst ausgebügelt."

Erleichterung durchströmt mich, und ich sacke leicht zusammen vor Entspannung.

„Aber nun zu euch: Was hat Mira gut gemacht, was könnte sie noch verbessern?" Altmann sieht unter seinen buschigen Augenbrauen hervor durch die Klasse. „Ja, Friederike?"

Fritzi räuspert sich. „Ich finde, Miras Präsentation war durch die vielen Bilder sehr anschaulich, und deswegen konnte ich gut folgen. Besonders der Stammbaum der vielen Figuren war wichtig sowie die Karte von dem Gebiet, in dem sich die ganze Geschichte abspielt."

Altmann nickt. „Das sehe ich auch so. Leonard?"

„Ich finde, Mira hatte eine tolle Präsenz im Klassenraum. Sie hat deutlich gesprochen, an den richtigen Stellen Pausen gemacht und war klar in ihrer Struktur."

Wieder scheint Altmann zuzustimmen. Ich bin echt überrascht und denke, dass ich Leo bis an sein Lebensende Brownies backen muss.

„Ja, Lisa?"

„Da muss ich widersprechen. Ich finde, Mira hat keinerlei … Bühnenpräsenz. Daran sollte sie dringend arbeiten."

Altmann zieht die Augenbrauen zusammen: „Aha … und woran machst du das fest?“

„Nun ja …“ Jetzt gerät Lisa ins Straucheln, doch Mark eilt ihr ungefragt zu Hilfe: „Mira hat einige Male gestockt, einmal einen blöden Witz gemacht, und sie war am Anfang sehr leise. Ich finde auch, sie sollte öffentliches Auftreten vermeiden. Ich weiß, da sind wir nicht die Einzigen, die das denken.“ Er sieht mich herausfordernd an.

In meinem Magen zieht sich alles zusammen, und meine Hände werden schweißnass. Özlem will protestieren, doch Altmann hebt die Hände. „Schon gut, Özlem“, sagt er mit ruhiger Stimme. „Ich habe das Gefühl, dass eure Kritik sich nicht auf Miras Referat bezieht, sondern persönliche Gründe hat.“

Wow, Altmann steht mir bei.

„Ich vermute, es hat etwas mit Miras öffentlichem Engagement bezüglich des Schülerband-Wettbewerbes zu tun, der derzeit durch diese Schule geistert.“

Ich zucke zusammen. Auch die Lehrer wissen davon?! Das hat ja viel größere Ausmaße angenommen, als ich jemals gedacht hätte. Ich trete von einem Bein aufs andere.

„Dazu möchte ich sagen, dass Musikgeschmack unterschiedlicher Art sein kann, aber ich wünsche, dass diese privaten Hobbys und Sympathien oder Antipathien keinen Raum in unserem professionellen und wertfreien Deutschunterricht finden.“

Er sieht Lisa und Mark beide einmal scharf an.

„Davon abgesehen“, jetzt sieht er hinüber zu mir, „unterstütze ich es, wenn Menschen ihren kreativen Leidenschaften nachgehen. Solange die Schule nicht leidet.“ Der Tadel geht an mich. Und noch leiser sagt er: „Ich habe selbst lange Schlagzeug gespielt. Du hast Talent!“

Dann wieder lauter: „Mira, setz dich. Wir besprechen nun gemeinsam die erste Szene."

Völlig fertig lasse ich mich neben Leo auf meinen Stuhl fallen und atme hörbar aus. Leo legt mir den Arm um die Schultern. „Das ist super gelaufen, das Referat", raunt er mir ins Ohr und dann: „Unglaublich, wie Altmann für dich in die Bresche gesprungen ist!"

Ich grinse. „Ja, schon", sage ich und greife dann plötzlich durstig nach meiner Wasserflasche. Altmann kommt mir gar nicht mehr so übel vor.

Mal wieder hält Leo mir eine Dose Himbeerbonbons hin, und ich greife zu. Er riecht gut und ist so nett. Ach, wieso ist Noisette16 Costas und nicht Leo?! Von dem Gedanken ertappt, rücke ich schnell ein paar Zentimeter von Leo ab und versuche, mich auf Altmanns Tafelbild zu konzentrieren.

Fan-Fotos

Zur nächsten Deutschklausur ist es noch eine Weile hin, und wir beschließen, mein gutes Referat im *Firenze* zu feiern. Wir finden eigentlich immer einen Grund, Eis zu essen!

Fröhlich stoßen wir mit unseren Eisbechern aneinander, und Özlem sagt: „Darauf, dass Mira nicht sitzen bleiben wird und wir bis zum Schulabschluss in einer Klasse bleiben!"

Ich tue so, als würde ich aus meinem Eisbecher schlürfen, und Fritzi kichert, weil ich Eis auf der Nasenspitze habe. Wir reden kurz über Mark und Lisa, und dann zuckt Özlem ihr Notizbuch. Och nee. Ich weiß natürlich, was jetzt kommt.

„Wie sieht es mit Noisette16 aus?", fragt Özlem lauernd. „Vorhin hat dir Leo ja schon wieder ganz schön nah ins Ohr geflüstert. Ich notiere das. Felix habe ich seit ein paar Tagen nicht mehr gesehen, du auch nicht? Und gibt es etwas Neues von Costas?"

„Nein, nichts …", sage ich schnell. „Können wir das Thema vielleicht heute aussparen?"

Ich kann doch meine Freundinnen nicht anlügen! Aber ich kann auch nicht gegen Costas Willen alles verraten. Es ist eine fiese Zwickmühle.

„Schade." Fritzi sieht enttäuscht aus. Inzwischen bekommen ihre Haare einen leichten Grünstich.

„Bitte. Ausnahmsweise", flehe ich und beschließe, einfach mit einem neuen Thema anzufangen. „Was soll ich mit meiner Familie machen? Tamara ist gar nicht mehr da, Papa selten, und dann hat er immer traurige Augen, und wenn ich Madita mal sehe, knallt sie die Tür zu."

Fritzi lehnt sich im Stuhl zurück: „Ja, ganz schön verfahren. Aber meinst du nicht … ein kleines Geschwisterchen wäre ganz schön?"

Ich kräusle die Nase. „Ich weiß nicht. Es würde alles durcheinanderbringen in unserer Dreier-Familie. Alles würde sich ändern. Wir müssten eine neue Wohnung suchen, damit wir genug Platz haben zu fünft. Papa und Tamara verdienen im Kindergarten beide nicht sehr viel, und große Wohnungen sind selten und teuer, das bedeutet Stress …"

Ich seufze. „Aber letztlich ist es ihre Sache. Ich kann mich schon anpassen. Ein viel größeres Problem sehe ich bei Madita."

„Aber Madita ist eine Ziege", wirft Özlem ein, „das kannst du nicht ändern."

Ich nicke. „Ja, sie ist eine Ziege. Aber nicht nur. Sie hat auch sehr liebe und familiäre Seiten, die zeigt sie nur nicht. Wenn ihr alles egal wäre, dann würde sie ja nicht so austicken."

Fritzi und Özlem nicken nachdenklich.

Plötzlich tippt mir jemand auf die Schulter. Ich drehe mich um. Hinter mir stehen zwei etwa zehnjährige Mädchen. Eine hält einen Collegeblock und einen Stift in der Hand, im Hintergrund sehe ich, dass an einem großen Tisch fünf weitere Kinder sitzen.

„Hallo", sagt sie mit krächzender Stimme. „Du bist Mira, oder? Von *Eisfabrik*."

„Äh … ja“, entgegne ich überrascht. Özlem und Fritzi werfen sich einen aufgeregten Blick zu.

„Kann ich ein Autogramm haben?“, platzt die Kleinere heraus. „Ich finde die Videos so lustig, und wir haben bei Instagram gesehen, dass du oft im *Firenze* bist, und wollten einfach mal ausprobieren, ob wir dich treffen können.“

Das andere Mädchen nickt ganz schnell, und ihre Zöpfe wippen dabei hin und her.

„Na klar“, meine ich nur völlig überfordert und kritzle meinen Namen auf den Block.

„Und können wir auch ein Foto machen?“

„Wenn du möchtest.“

Das Mädchen zückt ihr Handy und hält es am langen Arm von sich gestreckt. Das macht sie wohl auch nicht zum ersten Mal. Wir lächeln beide, und sie drückt auf den Auslöser.

„Kann ich auch?“, fragt ihre Freundin mit den Zöpfen, und letztlich wollen die fünf anderen auch ein Selfie mit mir schießen. Es fühlt sich völlig irreal an. Fremde Menschen, die Fotos mit mir machen wollen. Seltsam.

Es dauert eine Weile, bis alle durch sind, dann gehe ich zurück an unseren Tisch und höre die Kinder im Hintergrund aufgekratzt tuscheln.

„Jetzt sag mir noch einmal, dass du keine Fans hast“, meint Özlem provozierend, und ich gebe mich geschlagen. „Vielleicht doch. Ein paar.“ Irgendwie ist mir das sehr unangenehm so im Mittelpunkt zu stehen und ich versuche, wieder zu unserem vorigen Thema zu kommen.

„Wo waren wir stehen geblieben …“

„… bei deinen Fans? Bei Noisette16?“, versucht Fritzi zu helfen.

„Nein, bei Madita", korrigiere ich. „Was denkt ihr? Soll ich mit ihr reden? Vielleicht können wir zusammen einen Familienrat einberufen und uns bei Papa und Tamara entschuldigen."

„Rede mit ihr!", meint Özlem, und auch Fritzi ist dafür. Sofort schicke ich meiner Schwester eine Nachricht, ob wir uns später zu Hause treffen können. Ich erwarte ein klares *Nein*, eine patzige Antwort oder ein *Ich bin bei Linus*, aber stattdessen kommt ein bereitwilliges *Okay*.

„Sie hat zugesagt", entgegne ich verblüfft.

„Ist doch gut", entgegnet Özlem. „Ich muss jetzt los. Ich habe noch Englischnachhilfe." Sie verdreht die Augen. Es gibt wirklich fast kein Fach, in dem Özlem keine unnötigen Nachhilfestunden aufgebrummt bekommt. „Mira, morgen ist wieder Kuchenprobe, nicht vergessen. Costas ist dieses Mal dran", sagt Özlem, noch während sie aufsteht. Mist, stimmt ja. Hoffentlich kann ich ihm noch eine Weile aus dem Weg gehen. „Heute poste ich deinen Vlog. Und wir müssen mal wieder ein *‚Mira-kocht'-V*ideo planen. Was haltet ihr von Sommerrollen? Da kann nicht so viel anbrennen. Aber dann wird es auch nicht so lustig …" Gedankenverloren verlässt unsere Freundin die Eisdiele. Fritzi und ich bestellen noch eine Limo, dann gehen wir auch. Ich muss wirklich ein bisschen auf mein Taschengeld achten, für diesen Monat ist es schon wieder beinahe aufgebraucht.

Im langsamen Tempo radle ich nach Hause. Hoffentlich ist Madita schon da, damit wir endlich mal klären können, wie es weitergeht.

Schon wieder Familienrat

Madita sitzt schon in der Küche und kocht uns Kakao. „Ich habe extra die teure Mandelmilch gekauft“, sagt sie. „Ich dachte, ich gönne uns mal etwas.“

Sie hat bereits einen kleinen dunkelroten Ansatz über ihren hellblonden Locken, aber heute kommentiere ich das nicht. Wir müssen versuchen, an einem Strang zu ziehen.

„Ich habe mein Handy schon in die Kiste gelegt“, sagt sie beiläufig, während sie Kakaopulver in den Topf rührt.

„Du hast *was*?“, frage ich verdutzt und krame nach meinem Smartphone.

„Vielleicht ist diese Regel gar nicht *so* dumm“, gibt sie zu und gießt die dampfende Schokolade in zwei Tassen. „Manchmal.“

Sie setzt sich zu mir und schiebt mir eine Tasse rüber. „Mit Linus läuft es gerade nicht so“, beginnt sie, und ich bin erstaunt, dass sie das vor mir erwähnt. Normalerweise hat sie dafür ihre beste Freundin Tessy. „Mal schauen, wie es weitergeht. Ich will seine Nachrichten nicht dauernd sehen. Wenn es nicht besser wird, dann muss ich mich von ihm trennen."

„Und lässt du dann die blonde Farbe rauswachsen?" Sie streckt mir die Zunge raus und zögert kurz. „Ich lasse mir die Farbe auf jeden Fall rauswachsen."

Ich trommle mit den Fingern etwas nervös auf dem Tisch herum.

„Was machen wir mit Papa und Tamara?", frage ich dann ganz direkt, und Madita ist natürlich nicht überrascht.

„Ich weiß nicht", gibt sie zu. „Ich bin überfordert." Sie trinkt einen Schluck Kakao. „Ich will nicht, dass sich etwas verändert. Ich möchte in dieser Wohnung wohnen, mit dir und Papa."

„Ach ja?"

Sie sieht mich strafend an. „Ich will nicht auf ein stinkendes, schreiendes Baby aufpassen und …", sie holt Luft, „… ich will kein anderes Geschwisterkind mehr. Ich habe doch schon eine Schwester." Sie versucht sich an einem Lächeln, und ich grinse.

„Und die reicht dir schon, oder?"

Sie zwinkert. „Exakt." Erstaunlich, wie gut es manchmal zwischen uns läuft.

Jetzt bin ich dran. „Mir fällt dieser Gedanke auch schwer", gebe ich zu. „Aber ich denke auch, dass es nicht unsere Entscheidung ist und dass wir mit allem klarkommen können. Wir müssen natürlich Regeln aufstellen und Möglichkeiten schaffen, um alle gut zusammenzuleben."

Madita sieht mich aus ihren großen Augen an, die meinen so ähnlich sind.

„Außerdem denke ich, dass wir schon so alt sind, dass wir wahrscheinlich auch gar nicht viel damit zu tun haben werden. Du bist in zwei Jahren mit der Schule fertig und ziehst bestimmt aus."

Madita nickt. „Daran habe ich auch schon gedacht", murmelt sie.

„Wir können es doch probieren. Tamara ist so eine coole Person, manchmal viel cooler als Papa, oder?"

Widerwillig nickt Madita.

„Und, ich weiß nicht, Papa hatte es so schwer nach der Trennung mit Mama, als alleinerziehender Vater mit dem niedrigen Gehalt ... ich denke, er verdient es, glücklich zu sein. Und Tamara auch."

„Tust du so vernünftig, oder bist du es?", stöhnt Madita und sieht mich genervt, aber auch bewundernd an. Ich zucke mit den Schultern. „Ich glaube, ich bin es", entgegne ich. „Meinst du, wir reden einfach noch einmal darüber und können so tun, als fingen wir noch einmal neu an?"

Madita stöhnt ergeben und legt den Kopf auf dem Küchentisch ab. „Du hast ja recht." Sie spielt an einer Locke herum. „Familienrat?" Ich glaube, diesen Vorschlag habe ich seit mindestens fünf Jahren nicht mehr aus diesem Mund gehört.

Wir laden Papa und Tamara zum Familienrat ein, und beide sagen zu. Madita und ich bereiten Abendbrot vor, machen Salat und decken den Tisch. Gegen sieben hören wir einen Schlüssel in der Tür. Sie kommen gleichzeitig. Natürlich. Entweder direkt von der Arbeit oder von Tamara .

„Hallo, ihr Lieben", sagt Papa müde, und Tamara nickt uns zu ihr. Ihre schwarzen Locken sind verwuschelt, und sie sieht mindestens so fertig aus wie unser Vater.

„Hallo", sage ich unsicher. „Setzt euch." Aus einem komischen Impuls heraus ziehe ich zwei Stühle für die beiden zurück. Sie sehen sich kurz an und setzen sich, Tamara berührt instinktiv kurz mit der Hand ihren Bauch.

„Seid ihr hungrig?“, fragt Madita, und ich sehe, wie der versöhnliche Tonfall die beiden überrascht. „Ähm, schon …“, stottert Tamara und lässt sich von meiner Schwester Salat aufhäufen. „Habt ihr die Handys weggepackt?“

Ertappt wühlen beide in ihren Taschen und legen die Geräte in die rote Box, die ich ihnen hinhalte.

Spätestens jetzt ist die Müdigkeit auf den Gesichtern der beiden verschwunden. Sie fragen sich bestimmt, was sie erwartet.

„Wir wollten euch treffen, weil …“, beginne ich, doch dann weiß ich nicht, wie ich weiterreden soll.

„Wir wollen uns entschuldigen“, ergreift Madita mit fester Stimme das Wort. „Besonders ich. Entschuldige, Tamara.“ Sie sieht Tamara an und dann meinen Vater: „Entschuldige, Papa. Ich war egoistisch und überfordert und ängstlich. Und ganz schön bescheuert.“

Tamara lacht kurz auf: „Das stimmt.“ Ich habe schon Angst vor Maditas Reaktion, doch sie wartet kurz, streicht sich durch die hellen Locken und sagt dann: „Mira und ich denken …, dass wir fünf schon mit allem klarkommen. Mit viel Reden und festen Regeln …“

Tamara rückt näher an Papa heran.

„Es ist eure Entscheidung, und wir … gewöhnen uns weiter an den Gedanken und freuen uns mit euch.“ Jetzt zeigt meine große vernünftige Schwester doch ein kleines Lächeln. Ich sehe die zwei an, Tamara sieht perplex aus, Papas Augen schimmern feucht.

„Und wir freuen uns natürlich, Tamara, wenn wir noch näher zusammenrücken. Das wird doch ein … aufregendes Experiment“, ergänze ich, und mein Papa springt glücklich auf. „Meine klugen erwachsenen Töchter“, sagt er und breitet seine beiden Arme aus wie in unserer Kindheit. „Och nee“, stöhnt Madita, doch dann gibt sie nach und lässt es zu, dass Papa jeweils einen Arm um uns legt und uns fest an sich drückt.

„Das machen wir aber nicht zu oft!“, warnt sie und geht sofort auf Abstand. Da ist sie wieder, meine nervige Schwester Madita. Ich habe sie trotzdem lieb!

Papa hebt die Hände beschwichtigend, aber er grinst. „Alles klar“, sagt er nur. Dann sieht er hinüber zu Tamara und ergreift ihre Finger. „Alles für den … Familienfrieden.“

Süße Grüße L.

In der Schule sehe ich Felix. Er hebt grüßend die Hand und will an mir vorbeigehen, wie immer, wenn wir uns hier sehen, doch dieses Mal halte ich ihn an seiner Jacke fest. Erstaunt sieht er auf meine Hand. „Ähm …", sage ich lahm und lasse los. „Wo warst du denn die letzten Tage?", erkundige ich mich dann und höre, dass meine Stimme etwas Vorwurfsvolles hat.

Er lächelt und schiebt sich die Brille nach oben. „Klingt ja fast so, als hättest du mich vermisst."

„Du machst den besten Eisbecher, das ist alles", protestiere ich, aber ich weiß, dass das nicht stimmt. Ich hoffe, er weiß das auch.

„Meine Lehrerin hat meine Eltern angerufen, weil ich ein paar Mal in der Schule gefehlt habe. Sie hat nachgefragt, was mit mir los sei. Jetzt wissen meine Eltern dass ich ein bisschen zu viel in der Eisdiele gearbeitet habe, und ich musste versprechen, höchstens drei Mal die Woche nach der Schule oder am Wochenende zu arbeiten." Er zieht die Schultern hoch und lässt sie wieder fallen. „Jetzt dauert das mit dem Fahrrad leider etwas länger." Er deutet auf den Kiosk: „Ich will mir noch ein Brötchen für die Pause holen, kommst du mit?"

Doch in dem Moment schrillt die Pausenglocke. Ich muss zu den Chemieräumen, Felix in die andere Richtung. „Hey, wie ist es mit der Schwangerschaft weitergegangen?“, fragt er noch schnell. Bitte?! Habe ich ihm davon erzählt?! Da dämmert es mir. Özlem hat den Vlog hochgeladen, und jetzt wissen alle, was in meiner Familie los ist. Ein leichtes Ziehen breitet sich in meinem Bauch aus. Jetzt, wo wir das gestern geklärt haben, ist mein Bedürfnis, die Sorgen mit der Welt zu teilen, erheblich gesunken.

„Erzähle ich dir bald“, entgegne ich schnell.

„Morgen in der Eisdiele?“

Ich nicke. Dann treibt mich der Strom der Schülerinnen wie automatisch in das Naturwissenschaftsgebäude.

Eine Minute später bin ich mir sicher, dass der Vlog ein Fehler war. Ich lasse mich zwischen Özlem und Fritzi in eine der langen Reihen fallen, und mal wieder sitzt Fritzi bereits mit gezücktem Handy da, um die Reaktionen vorzulesen. Frau Lachmeyer ist Kettenraucherin und übersteht die Schulstunden nur, wenn sie vorn und hinten jeweils zehn Minuten abknapst, um rauchen zu können.

„Es gab so viele Likes wie noch nie. Dafür aber auch einige Dislikes“, analysiert sie. Auch Özlem hört gespannt zu, schließlich hat sie mir zu dem Schritt geraten. „Die meisten Kommentare sind erwartungsgemäß: Voll cool, dass du so viel Privates mit uns teilst! Kannst du das regelmässig machen? Oder hier: Ich bin auch mal wegen meiner Band schlecht in der Schule geworden, das wird schon wieder. Hier ist etwas zum Thema Schwangerschaft: Meine kleine Schwester ist zwölf Jahre jünger als ich, aber es ist ziemlich cool, weil ich mit ihr spielen, aber auch meine Ruhe haben kann. Perfekter

Altersunterschied. Und jetzt …", Fritzis Lider flattern, „der Kommentar von Noisette16: Liebe Mira, wenn ich dir zuhöre, dann möchte ich dich am liebsten aufmuntern! Ich habe auch gerade Stress mit meinen Eltern wegen meiner Hobbys, aber am Ende müssen wir uns dafür einsetzen, das zu tun, wofür wir brennen. Dein Noisette16."

Fritzi seufzt: „So romantisch!"

Ich bin direkt wieder am Grübeln. Hat Costas auch wegen der Bandprobe Stress mit seinen Eltern? Normalerweise erschienen die mir immer recht locker. Auch Özlem hat die Stirn zu ihrer scharfen Analysefalte zwischen den Augenbrauen zusammengezogen.

„Wer von denen hat Stress mit den Eltern? Costas wegen der Bandproben? Leo wegen … lesen?!" Sie sieht ungläubig aus. Ich kann Costas nicht verraten, also beschließe ich, eine falsche Fährte zu legen: „Vielleicht auch Felix", werfe ich wie zufällig in den Raum. „Ich habe ihn eben getroffen, und seine Eltern wollen nicht, dass er so viel arbeitet."

„Aber die Eisdiele ist doch nicht sein Hobby!", merkt Fritzi an.

„Ja …" Ich versuche, irgendetwas zu konstruieren. „Aber er arbeitet ja für das neue Fahrrad. Und das ist sein Hobby!"

Ich bin glücklich über meinen Einfall, doch Fritzi ist nicht zufrieden. „Das klingt mir zu sehr um die Ecke gedacht. Ich vermute, der Satz deutet auf Costas hin. Bei Leo wissen wir leider gar nicht, wie sein Verhältnis zu den Eltern ist."

Fritzi scrollt erst einmal weiter Kommentare durch. „Oh", sagt sie dann. „Was denn?!", hakt Özlem nach.

Fritzi ist etwas blass geworden, dann liest sie vor. „Mira, du bist so blöd wie ein Suppenhuhn. Weisst du gar nicht, dass meine Mutter die Chefin des Kindergartens ist, in der dein

Vater und seine Freundin arbeiten? Ob sie schon weiss, dass ihre Angestellte schwanger ist? Ich denke, ich frage sie mal. Süsse Grüsse L."

„Ach du Scheiße", murmle ich, und das flaue Gefühl in meinem Magen verhärtet sich zu einem Betonklotz.

„Sie versucht es noch nicht mal zu anonymisieren! Lisa ist so eine miese Person!", regt sich Özlem auf.

„Das wusste ich tatsächlich nicht, dass ihre Mutter ... Lisa heißt doch Martin mit Nachnamen, Papa spricht immer von Frau Gerhardt ..." Mir wird klar, dass das noch Konsequenzen haben wird und Lisa einfach nicht den Namen ihrer Mutter trägt.

„Na, Kommentare schon gelesen?", grinst Lisa und quetscht sich eine Reihe hinter uns auf einen der Stühle. Mark steht feixend neben ihr. Sie sieht mich mitleidig an. „Arme Mira", sagt sie in sanftem Tonfall. „Hat Papi dir nicht beigebracht, dass man nicht alles ins Internet stellen darf?"

Schon wieder Kuchen!

Ich hoffe einfach, dass Lisa blufft. So gemein kann sie doch nicht sein! Sie will mir nur Angst machen! Ich bin schon fast überzeugt davon, aber nach Hause will ich vor heute Abend trotzdem nicht. Also gehe ich mit zu Özlem, denn ihre Eltern sind den ganzen Tag arbeiten, und wir beide wollen später eh noch zusammen zur Probe, damit Özlem erneut ein Kuchentreffen und ein neues Lied aufnehmen kann.

Wir betreten den großen Flur, ziehen die Schuhe aus und laufen in das riesige Wohnzimmer. Ich sinke in den dicken weißen Teppich ein und habe plötzlich das Bedürfnis, mich einfach daraufzulegen und zu schlafen, bis alles vorbei ist, einfach alles! Doch das geht nicht, denn Özlem scheucht mich weiter in die Küche. Ich setze mich auf den schwarzen Barhocker, der an der eleganten Kücheninsel steht, während Özlem den riesigen alufarbenen Kühlschrank öffnet. Das ganze Haus wirkt etwas klinisch, viel Weiß, viel Schwarz, viel Silber und viel Sauberkeit.

„Möchtest du etwas trinken?“, fragt Özlem und nimmt einen Glaskrug aus dem obersten Fach. Sie hält ihre Nase hinein und schnuppert. „Frisch gepresster Mangosaft“, sagt sie in erstaunlich selbstverständlichem Tonfall, und ich nicke. Sie gießt uns beiden ein großes Glas ein und lässt Eiswürfel hineinplumpsen.

„Özlem", sage ich dann, „können wir ein zweites Video drehen, in dem ich ein bisschen zurückrudere? Erzähle, dass wir das mit der Schwangerschaft geklärt haben und dass alles nicht so wild ist?"

Özlem stellt den Krug zurück in den Kühlschrank und sieht mich fragend an. „Wegen Lisas dummem Kommentar?", hakt sie nach. Ich winde mich etwas. „Nicht nur", gebe ich dann zu, „ich denke, es war wirklich unüberlegt von mir. Bitte. Bitte lass uns ein kurzes Video drehen."

Özlem seufzt, dann sagt sie: „Machen wir. Ist ja deine Entscheidung." Dann verschwinden wir in ihrem Zimmer, um noch vor der Bandprobe ein weiteres Video aufzunehmen.

Heute traue ich mich, pünktlich zur Probe zu erscheinen, da Özlem dabei ist und ich gar nicht in die Situation kommen kann, mit Costas allein zu sein. Tatsächlich ist Costas der Einzige, der schon da ist, als wir mit den Fahrrädern auf den Hof vor der Garage rollen.

Er umarmt mich fest, und ich versuche, die Begrüßung so schnell wie möglich zu beenden. Dann nimmt er auch Özlem kurz in die Arme.

„Ich ähm … hallo, ihr zwei … äh …" Seine Augen fliegen wild zwischen Özlem und mir hin und her, und mein Magen dreht sich um, er ist auffällig nervös. Özlem wirft mir einen vielsagenden Blick zu, und ich weiß, was sie nachher im Notizbuch vermerken wird.

„Ich gehe noch einmal aufs Klo", sage ich und verschwinde schnell. Als ich zurückkomme, hat Özlem bereits aufgebaut und befindet sich in einem angeregten Gespräch über ihre Kameratechnik mit Costas. Wenig motiviert schlappe ich rüber zum Schlagzeug und spiele ein paar Takte. Arthur und Karl sind in der Zwischenzeit angekommen und gesellen sich zu den anderen beiden.

„Kommst du rüber, Mira?", ruft Özlem, und etwas widerwillig stehe ich von meinem Hocker auf.

Özlem hat die anderen im Kreis versammelt, und Costas hebt eine Springform in die Luft.

„Heute drehen wir mal wieder eine eurer traditionellen Kuchenproben mit kleinen Interviewfragen und dann der Aufnahme eines eurer Songs. Ich würde sagen, wir starten wieder mit Kuchen und Fragen. Was gibt es denn, Costas?"

Costas befreit den Metallring vom Kuchen und präsentiert uns eine aufwendig aussehende Torte mit viel Schokolade und Himbeeren.

„Eine Art Donauwelle, die ich mit Himbeeren verfeinert habe", erklärt er und blickt Beifall heischend in die Runde. Özlem hebt überrascht die Augenbrauen. „Nicht nur singen, auch noch backen kann er", sagt sie, und wenn ich es richtig sehe, dann wird Costas rot. Ich kann es kaum mit ansehen, wie schnell er in meiner Anwesenheit aus der Fassung zu bringen ist. Ich bin heute bei den kurzen Fragen abgehackt und fahrig, und die Anmoderation wird so chaotisch wie nie zuvor, doch das ist das, was laut Özlem mein Publikum sehen will.

„Leute, ich bin heute nicht so in Form …", sage ich und reibe mir die Stirn, als es um die Auswahl des Songs geht, den Özlem dieses Mal filmen wird. „Können wir etwas Einfaches machen?" Zum Glück kommen die anderen mir entgegen, und wir nehmen eines unserer ersten Lieder, die wir alle im Schlaf spielen können. Ich bitte Özlem, heute mit der Kamera nicht so nah an mich zu kommen, und sie akzeptiert es. Zum Glück reicht ein einzelner Take, ich wehre mich dagegen, einen zweiten zu machen, auch wenn Özlem protestiert, dass sie ja nicht nur ein One-Take-Video reinstellen kann.

„Am Anfang hast du doch mehrere Schnitte, bei der Fragerunde", kommt Arthur mir zu Hilfe, und ich bin sehr dankbar. Als Özlem einpackt, blicke ich auf die Uhr und sage: „Ich muss leider los, ich kann heute nicht mehr zur Probe bleiben", und ich beginne hektisch, meinen Kram einzupacken.

„Das ist doch nicht wahr", stöhnt Karl. „Hallo, wir bereiten uns hier möglicherweise auf das Finale vor! Wenn die Klickzahlen nicht plötzlich stagnieren, dann sind wir auf jeden Fall dabei." Er sieht mich böse an. „Das war doch deine Idee mit dem Wettbewerb. Drei Lieder müssen wir performen auf der Bühne! Letzte Woche Costas, jetzt du … was ist nur los mit euch?"

„Ich geh dann mal", sagt Özlem schnell, winkt uns und zischt ab.

Costas dreht sich zu mir und sieht mir tief in die Augen. „Mira … ich glaube, wir müssen mal reden. Jetzt."

Ich sehe, dass Arthur und Karl sich einen vielsagenden Blick zuwerfen. *Neinneinnein!*, dröhnt es hinter meiner Stirn. Ich will nicht aus seinem Mund hören, dass er Noisette16 ist, ich will es verdrängen. Aber ich gebe mich geschlagen. Irgendwann muss ich mich der Sache stellen.

„Okay", sage ich mit hängendem Kopf und trotte ihm durch die Tür hinterher, raus auf den Hof vor der Garage.

Das Ende einer Freundschaft?

Vor der Garage schlinge ich die Arme um meinen Körper, obwohl es nicht sehr kalt ist, und blicke in eine andere Richtung. Ich habe so gar keine Lust auf dieses Gespräch.

Die Sonne beginnt unterzugehen, und der Himmel besteht aus orangen Farbverläufen mit kitschigen Wölkchen.

„Mira …", sagt Costas und berührt mich sanft am Arm. Ich unterdrücke den Impuls, ihn abzuschütteln. „Schau mich doch mal an. Es fühlt sich an, als würde ich mit einer Wand reden."

Widerwillig drehe ich den Kopf und sehe in sein sanft lächelndes Gesicht. Mein lieber, lieber Freund Costas. Es sticht in meiner Brust, wenn ich daran denke, dass unsere Freundschaft vielleicht hier und heute endet.

„Ich weiß, du bist durcheinander und hast gerade mit deiner eigenen Familie genug zu tun –"

„Allerdings", schiebe ich trotzig dazwischen, doch er ignoriert mich.

„Ehrlich gesagt, hätte ich nicht gedacht, dass dich meine Verliebtheit so verwirrt", sagt er in hilflosem Ton und kratzt sich am Hinterkopf.

„Tut sie gar nicht ..."

Er lacht auf. „Mira, seit unserem Gespräch bist du total komisch, ignorierst mich, kommst spät, gehst früh, beantwortest meine Nachrichten nicht."

Ich schweige. Er hat recht, ich kann es nicht leugnen. Das wäre wirklich doppelt bescheuert.

„Ich habe gedacht, dass es okay für dich ist. Dass du dich vielleicht freust." Nun sieht er verletzt aus und blickt zu Boden. „Ich hatte gehofft, dass ich mit dir darüber reden kann, dass du mir helfen kannst."

Ich lache auf. „Helfen? Wie meinst du das?"

Er grinst. „Im besten Fall helfen, dass es zu einem Date kommt."

Ich werde rot. Oh Mist, wie komme ich aus dieser Nummer wieder raus? Er scheint wirklich total verliebt zu sein. Ich will ihn nicht verletzen, aber wahrscheinlich muss ich es tun, denn ich empfinde nicht so für ihn. Es wird schmerzhaft sein.

„Hast du deshalb die Kommentare geschrieben?"

„Kommentare?"

Jetzt ist er verwirrt, oder er ist ein guter Schauspieler. Ob er wirklich nicht weiß, was ich meine?

„Ach egal", sage ich schnell, ich will nicht bohren, will ihn nicht bloßstellen. Ich hole tief Luft.

„Costas ...", beginne ich vorsichtig. „Ich mag dich wirklich gern, und ich würde dir helfen, wenn es sich richtig anfühlen würde."

„Aber?" Er sieht enttäuscht aus, und es tut mir weh, dass ich jetzt sein Herz brechen muss.

„Ich empfinde nicht so für dich, und ich möchte dich immer treffen als Freund … nicht als Date.“ Ich atme aus. Jetzt ist es raus. Ich blinzle ihn ängstlich an, doch in seinem Gesicht ist weder Verletzung, Wut, Trauer oder Schlimmeres, sondern eine Verwirrung, die dann in ein Grinsen übergeht.

„Wer redet denn von dir?“, sagt er dann und klingt wieder fröhlich, muss ein lautes Lachen unterdrücken.

„Äh … ich?!“, antworte ich wenig wortgewandt. In dem Moment merke ich, dass ich hier etwas ganz gewaltig missverstanden habe. Die Schamesröte steigt mir den Hals hinauf in die Wangen.

„Noch einmal zur Sicherheit: Du denkst, *ich* bin in *dich* verliebt? Meine beste Freundin Mira, die für mich ist wie eine kleine Schwester?“ Jetzt kann er das Lachen nicht mehr unterdrücken.

„Nein, denke ich nicht!“, rufe ich mit piepsiger Stimme und vergrabe mein Gesicht in den Händen. „Habe ich nie gedacht!“ Ich lüge so unfassbar schlecht.

Costas kriegt sich kaum noch ein vor Lachen und muss sich den Bauch halten. Das finde ich ja jetzt doch etwas übertrieben. „Ist das so unmöglich?“, frage ich beleidigt, und Costas klopft mir auf die Schulter. „Wäre ich nicht ich, wäre ich auf jeden Fall in dich verliebt …“, keucht er und beruhigt sich dann. „Aber da ich nun mal ich bin und wir uns schon so lange kennen … kann ich das gar nicht.“

Obwohl mir alles furchtbar peinlich ist, breitet sich nun doch auch Erleichterung in mir aus. Jetzt grinse auch ich vorsichtig und boxe ihn gegen den Arm. „Blödmann“, sage ich, und er nimmt mich fest in den Arm. „Dann bin ich aber froh, dass wir das geklärt haben“, seufzt er. „Ich hatte schon Angst, dass du so allergisch reagierst, weil du Angst um unsere Freundschaft hast. Aber auch wenn ich in sie verliebt bin, du bist immer meine allerliebste Nummer eins. Versprochen."

Er grinst frech, und ich stehe auf dem Schlauch, winde mich aus seinen Armen. Ein kleines Detail haben wir noch nicht besprochen. „Und in wen bist du verliebt?", hake ich nach.

„In Özlem natürlich", sagt er in selbstverständlichem Tonfall. „Ich dachte, das wäre klar gewesen."

„Na ja …", protestiere ich, und er sieht mich nur mitleidig an.

„Ich stottere in ihrer Nähe, ich vergesse den Liedtext, ich kann kaum Musik machen, wenn sie da ist, und backe eine riesige Torte, obwohl ich backen hasse."

All diese Hinweise habe ich völlig falsch gedeutet. Ich bin so doof!

„Und …", sein Tonfall wird wieder vorsichtig, und er legt den Kopf schief, „hast du etwas dagegen? Weil sie ja deine Freundin ist?"

Heftig schüttle ich den Kopf. „Natürlich nicht!", rufe ich voller Überzeugung.

„Glaubst du, sie mag mich? Ein bisschen vielleicht?"

Ich denke nach. „Bestimmt mag sie dich. Aber Özlem hat vor allem ihre Kameras im Kopf. Ich versuche mal, etwas mehr in Erfahrung zu bringen", schlage ich vor.

Jetzt wird Costas wieder rot und sieht mich schüchtern an, dann umarmt er mich plötzlich erneut.

„Danke, Mira", murmelt er. „Du bist die beste Kleine-Schwester-Freundin-Kollegin, die ich haben könnte!"

Ich schlinge die Arme fest um ihn, ich ertrage die Scham gern, wenn wir dafür nur weiter Freunde sind. Özlem. Ich grinse bei dem Gedanken.

„Sag ihr nichts, okay?“, bittet Costas noch, und ich nicke.

„Na klar!“

Wir stehen noch einen Moment nebeneinander und sehen uns die orange Sonne an.

„Und meinst du, du kannst heute doch noch proben?“, fragt er, und ich nicke. „Oh ja!“

Und dann wird die Probe so gut und so lang, dass ich weit nach zehn Uhr zu Hause bin. Doch zu meinem Glück kommt mein Vater zehn Minuten nach mir zusammen mit Tamara, die er ganz verliebt anblickt und mit der er sich dann auf einen Tee in die Küche setzt, ohne zu fragen, wie lange ich heute unterwegs war.

Lisa hat geblufft, und mein Vater weiß nichts vom Vlog. Ganz sicher.

Jede Menge Ärger

„Meine Lieben, ich habe Neuigkeiten in Sachen Noisette16", verkünde ich in der großen Pause am nächsten Tag und warte, bis Özlem und Fritzi mich neugierig genug ansehen.

„Moment noch!" Özlem postet schnell ein neues Band-Instagram-Bild mit Kuchen von gestern, dann steckt sie ihr Handy weg.

„Costas ist raus."

„Raus?" Fritzi sieht mich verständnislos an. „Wie raus?"

„Na, raus aus der Noisette16-Nummer. Er hat mir gestern erzählt, dass er in jemand anderen verliebt ist."

„Wirklich?" Fritzi weiß nicht, ob sie enttäuscht oder begeistert sein soll. „Ich war ja für Costas", gibt sie zu. „Schade, andererseits …", sie sieht gen Himmel, „können wir ihn damit von der Liste streichen und müssen nur noch in zwei Fällen ermitteln."

Özlem und ich lächeln bei ihrer Formulierung. Die liebe Fritzi nimmt das alles sehr ernst und sieht uns verwundert an.

„Ist das ganz sicher?", hakt Özlem nach. „Nicht dass er eine falsche Fährte legen will."

Ich sehe sie an. „Extrem sicher sogar. Streich ihn aus dem Buch, wir sind einfach nur Freunde."

Mit großer Geste zückt Özlem das Notizbuch und streicht seinen Namen in der Tabelle durch. „Wir nähern uns der Lösung", sagt sie dann.

„Und in wen ist Costas verliebt?", fragt Fritzi dann unbeteiligt, doch ich sehe ihre blauen Augen vor Neugierde blitzen.

„Das darf ich nicht sagen", entgegne ich bedauernd. „Tut mir leid."

Das ist Fritzis zweite Enttäuschung in dieser großen Pause.

Als ich nach Hause komme, sehe ich im Flur die Schuhe meines Vaters unter der Garderobe stehen. Ungewöhnlich, eigentlich arbeitet er heute bis zum späten Nachmittag, er dürfte noch gar nicht hier sein. Ein ungutes Gefühl breitet sich in meinem Magen aus. Ich ziehe leise meine Jacke aus und will mich in meinem Zimmer verkrümeln, da tönt es „Mira? Bist du das?" durch die geschlossene Küchentür, und da kann ich mich nicht mehr rausziehen.

Ich drehe um und trete ein. Sie sind alle da. Tamara, die die Hand meines Vaters hält, und Madita mit zusammengepressten Zähnen.

„Setz dich", verlangt Papa, in seiner Stimme eine Spur Wut und eine Spur Resignation. Ich ahne, was auf mich zukommt.

„Unsere Chefin, Frau Gerhardt, hat Tamara und mich darauf aufmerksam gemacht, dass es ein Video von dir im Internet gibt, in dem du offenbarst, dass wir ein Kind erwarten."

„Aber Papa, ich habe überhaupt nicht gesagt, wie ihr heißt und wer er seid. Es ging nur um mich!"

„Nein, Mira." Jetzt lässt Tamara die Hand von meinem Vater los und haut beide Hände auf die Tischplatte, sodass Madita und ich zusammenzucken. „Es geht nicht nur um dich, bei diesem Thema ging es genau genommen um uns und vor allem um mich!"

Ihre Augen funkeln wütend, sie schüttelt langsam den Kopf. „Frau Gerhardts Tochter, Lisa, kennt dich, da war natürlich sofort klar, wer gemeint ist."

„Diese dumme –", murmle ich, doch mein Vater fährt dazwischen: „Schieb die Schuld nicht auf andere!", und ich verstumme.

„Frau Gerhardt hat mich gefragt, wann ich sie informiert hätte und dass sie es unsolidarisch fände, dass ich bisher nichts gesagt habe, bei dem Erzieherinnenmangel, der derzeit herrscht. Dabei bin ich gerade mal in der zehnten Woche und weiß es selbst erst seit Kurzem!" Ich merke, dass Tamara den Tränen nahe ist.

„Ich habe es dir gleich gesagt", zischt Madita mir zu, und Papa fragt: „Moment mal, du wusstest von diesen Videos? Warum hast du das geheim gehalten?!"

„Ich wollte Mira nicht verpetzen!", regt sich Madita auf. „Ich will damit einfach nichts zu tun haben!"

„Fräulein, du sorgst dafür, dass die Videos aus dem Internet verschwinden. Alle!" Mein Vater sieht mich scharf an. Ich habe ihn selten so wütend gesehen.

„Aber die Band –"

„Du hättest mich einweihen und mit mir darüber reden müssen!", fährt er dazwischen. „Deine Noten leiden, du stellst private Details ins Internet und lässt all diese … Kommentare zu. Das mit dem Wettbewerb, das kannst du dir abschminken."

In dem Moment werde ich ganz ruhig. Ich strecke den Rücken durch und sehe ihn kühl an. „Nein", sage ich nur.

„Was?!" Mein Vater ist erstaunt, ich bin normalerweise nicht der Typ für Widerworte.

„Nein", sage ich wieder, und Madita glotzt mich an, nur Tamara hat das Gesicht in ihrer Hand vergraben.

„Es tut mir leid, Tamara, ich war so verwirrt und wütend, ich hätte dieses Video niemals online stellen dürfen."

Tamara nickt knapp.

„Aber das hat nichts, gar nichts mit den anderen Videos zu tun. Und ich kann meine Band nicht hängen lassen. Wir bereiten uns hart auf den Wettbewerb vor, und in vier Tagen ist die Auszählung der Likes. Im Moment sieht es so aus, als ob wir im Finale dabei sein werden."

Ich bin erstaunt über meinen gelassenen Tonfall.

„Auf dein Zimmer." Die bebende Stimme meines Vaters ist gefährlich leise.

Ich stehe auf und gehe zur Tür.

„Du auch!", fährt Papa Madita an, die nur empört aufspringt und „Ich fahre zu Linus!" ruft.

Ich laufe wie in Trance durch den Flur, gehe in mein Zimmer und schließe die Tür hinter mir.

Dann werfe ich mich aufs Bett und schluchze in mein Kissen, so sehr wie schon lange nicht mehr.

Mein Handy vibriert kurz, ich blicke darauf. Ein neues Video von *Eisfabrik*, mein zweiter Vlog. Schnell mache ich das Handy aus, rolle mich zusammen und hoffe, dass der Ärger ganz schnell vorbeizieht.

Gute Vorsätze

„Huch, was ist denn mit dir passiert?"

Ich drehe mich um. Meine Augen sind geschwollen, das passiert immer, wenn ich abends weine und irgendwann einschlafe. Felix steht vor mir und legt besorgt seine Hand auf meinen Arm.

„Ist es etwas, was mit einer Portion Pistazieneis aus der Welt geschafft werden kann?"

Ich versuche mich an einem halben Grinsen. „Leider nicht", sage ich und blicke auf die Uhr. Schon zehn nach acht, Mathe hat schon angefangen.

„Hast du trotzdem Lust?" Felix lächelt mich an.

Ich ziehe die Augenbrauen zusammen. „Du willst schwänzen? Ich dachte, du hast eh schon Ärger wegen der vielen Fehlzeiten." Er winkt ab. „Ich habe jetzt Geschichte, da bin ich gut drin und kann mir das erlauben."

Ich jongliere in meinem Kopf die Möglichkeiten hin und her. Ich habe Hausarrest, das allererste Mal in meinem Leben. Wenn ich jetzt nicht gehe, dann schaffe ich es lange nicht in die Eisdiele.

„Aber nur die ersten beiden Stunden", entscheide ich, drehe mich am Schultor um, und dann marschieren wir beide Richtung Café.

„Hat es etwas mit dem Video zu tun?"

Ich nicke. „Mein Vater hat Wind davon bekommen, und es gab richtig Ärger." Ich schüttle den Kopf. „Was rede ich, ich bin verpetzt worden. Von Lisa."

„Das ist übel", entgegnet Felix und schiebt die Brille hoch. „Aber der Ärger wird vorbeigehen. Du stehst da drüber!" Er guckt mich sehr lieb von der Seite an, voller Überzeugung, das tut gut.

Der Weg zur Eisdiele ist nicht sehr weit, und wir spazieren eine Weile schweigend nebeneinanderher, aber es ist nicht unangenehm. Irgendwann frage ich: „Wie hast du den Ärger mit deinen Eltern gelöst?"

Er lächelt. „Gelöst ist der nicht, aber wir haben ein paar Kompromisse geschlossen und schriftlich festgehalten, wie einen Vertrag. Seitdem läuft es etwas besser."

Wir kommen bei der Eisdiele an, und er hält mir die Tür auf, wir laufen direkt zum Tresen. Die mittelalte Frau von neulich steht dahinter und hebt die Hand, um Felix zu grüßen.

„Ich setze mich schon mal. Du weißt ja, was ich möchte", sage ich und drücke ihm fünf Euro in die Hand. Er gibt sie mir kopfschüttelnd zurück, wahrscheinlich muss er eh nichts zahlen, also laufe ich zu meinem Lieblingstisch. Ich höre, wie Felix sagt: „Bitte noch eine Kugel mehr" und „besonders viel Pistazienstreusel", und dann kommt er mit zwei großen Bechern rüber. Ich habe nur Pistazie, er nur Haselnuss.

„Guten Appetit", sagt er, und wir stoßen mit den Eiskelchen an. Der von mir so sehr geliebte Geschmack beruhigt mich.

„Schöne Idee", sage ich. „Danke."

Ich schreibe Fritzi eine Nachricht, dass ich später komme, und dann unterhalte ich mich über alles Mögliche mit Felix und denke mal wieder, wie schön es ist, mal länger mit ihm zu reden. Die Zeit verfliegt, und am Ende springen wir hektisch auf, um es noch pünktlich zur dritten Stunde zu schaffen.

Die dritte und vierte Stunde habe ich Deutsch, deshalb ist es wichtig, dass ich pünktlich bin. Ich flutsche gerade noch so vor Altmann ins Klassenzimmer, was er mit gehobenen Augenbrauen quittiert, aber unkommentiert lässt. Der Platz neben Leo ist natürlich frei, und ich setze mich neben ihn.

„Hallo, Mira“, raunt er und umarmt mich überraschend fest.

„Dein Herz klopft ganz schön stark“, bemerkt er.

„Ich musste eben rennen“, entgegne ich und sehe ihm in die schönen Augen. Aber ich weiß nicht, ob das der einzige Grund ist. Und ich weiß noch nicht einmal, ob es wegen Felix oder Leo klopft.

Jetzt reicht es aber, weise ich mich innerlich zurecht, reiße mich von seinen Augen los und blicke zur Tafel. Ich wollte doch anders werden als meine Schwester und mich nicht in dieses ganze Liebeschaos stürzen, so, wie sie es dauernd tut. Ich hoffe, ich kann meinen guten Vorsätzen weiterhin treu bleiben.

Altmann beginnt und kündigt schon jetzt den Termin für die nächste Klassenarbeit an. Er blickt aus den Augenwinkeln zu mir rüber. Dann sagt er, nur für mich, glaube ich: „Strengt euch an und beginnt frühzeitig mit dem Lernen. Besonders bei einigen von euch hängt mehr daran als nur eine einzelne kleine Note.“

Er sieht tatsächlich nur mich an, und am liebsten würde ich mich hinter Leos Rücken verkrümeln, doch das geht natürlich nicht, also halte ich dem Blick stand und warte, bis Altmann Richtung Tafel hinkt, um mit quietschender Kreide einen Satz an die Tafel zu schreiben, den wir auf das Drama beziehen sollen.

„Wollen wir bald mit dem Lernen starten?“, fragt Leo mich mit sanftem Lächeln. Ich denke nach, genug Zeit ist eigentlich noch, aber ich kenne mich und sollte das Angebot nutzen.

„Gern“, erwidere ich. „Allerdings habe ich derzeit Hausarrest und weiß nicht, wie lange.“

Er hebt überrascht die Augenbrauen. „Hausarrest?!“, fragt er, und ich winke ab. „Nicht so wichtig.“

Er fragt zum Glück nicht weiter nach. „Und wenn ich zu dir komme? Geht das?“

Ich stelle mir vor, wie Leo aus dem ordentlichen Haus mit der perfekten Mutter und den teuren Möbeln in unserer vollgestopften Wohnung steht, und ich schäme mich dafür, dass mir der Gedanke so unangenehm ist.

„Äh …“, sage ich überrumpelt, „ich rede mal mit meinem Vater darüber.“

„Wenn die zwei Turteltauben jetzt bitte den Schnabel halten könnten“, donnert Altmann, „dann ließe sich auch mit dem Unterricht fortfahren.“

Ich zucke zusammen.

„Ansonsten setze ich euch zwei auch wieder auseinander.“ Er blickt uns streng an, und wir sind leise. Ich bin ganz froh darum, so habe ich einen Grund, mich nicht weiter mit einem Treffen auseinandersetzen zu müssen.

Hausarrest

Die nächsten Tage werden extrem langweilig. Ich darf nicht zur Bandprobe, was mir besonders Karl übel nimmt, den jetzt der Ehrgeiz gepackt hat. Ich treffe meine Freundinnen in der Schule, kann sie aber nachmittags nicht sehen, auch nicht bei mir zu Hause. Also hänge ich mit einer Mischung aus Wut und Resignation in meinem Zimmer herum, und vor lauter Langeweile beginne ich, Deutsch zu lernen. Darüber, ob Leo mich zum Vorbereiten besuchen darf, denkt mein Vater noch nach.

Immerhin kann ich noch telefonieren, und das mache ich ausgiebig. So bin ich telefonisch dabei, als Özlem und meine Band zusammen feiern, dass wir es bei der Klick-Wertung unter die beliebtesten zehn Bands geschafft haben und einen Liveauftritt beim Finale mit drei eigenen Songs haben werden. Es war ziemlich sicher, dass das klappt, trotzdem ist es noch einmal ein tolles Gefühl zu wissen, dass wir wirklich dabei sein werden. Freude und Wehmut sind gleichermaßen in mir, und ich überlege, wie wir für den Auftritt proben sollen, wenn ich nur in der Wohnung rumhängen darf.

Meinen Vater ignoriere ich. Ich rede nicht mit ihm, bereite mir mein eigenes Essen zu, es tut mir leid zu sehen, wie es ihn zermürbt.

Aber in solchen Momenten denke ich nur: *Pech gehabt, schließlich machst du mir das Leben schwer.* Ich habe noch kein einziges Mal im Leben solch einen langen und zähen Streit mit meinem Vater gehabt. Bisher hat er von altmodischen Erziehungsmethoden abgesehen, aber offenbar fiel ihm jetzt nichts Besseres mehr ein. Madita ist kaum zu Hause. „Bei euch ist die Luft so dick, da ersticke ich", hat sie gesagt und ist mit vollgepacktem Rucksack zu Linus gegangen, obwohl es zwischen den beiden im Moment eigentlich nicht gut läuft. Ich habe sie drei Tage nicht gesehen. Soweit ich weiß, ist die Abmachung, dass sie sich jeden Abend telefonisch bei meinem Vater meldet, und daran hält sie sich. Tamara ist selten da, aber ich habe sie schon leise in der Küche sagen hören: „Jetzt heb doch endlich diesen Hausarrest auf. Es ist passiert, es tut ihr leid, und diese Strafe bringt nichts außer Streit und Unglück."

„Solange sie sich weigert, die Videos zu löschen, ändert sich hier gar nichts."

„Ja, aber die Bandvideos sind doch völlig in Ordnung, wirken professionell und nicht sehr privat ..."

„Ich möchte nicht, dass sich meine vierzehnjährige Tochter mit Klarnamen und Gesicht im Internet zeigt!"

Da habe ich meine Zimmertür geschlossen und mich aufs Bett geworfen.

Dann ruft auch noch meine Mutter an und will mit mir reden. Ich kann es nicht fassen. Sie meldet sich fast nie, steckt vollkommen in ihrem neuen Leben in Brasilien und hat eigentlich keine Zeit für ihr altes – und für mich.

Während ich im Internet Charakterisierungen für einige Figuren der Deutschlektüre recherchiere, klingelt plötzlich mein

Skype-Button. Misstrauisch blicke ich darauf. Ob das ein Versehen ist? Ich habe den Impuls, wegzudrücken, beherrsche mich aber, um einen Moment nachzudenken. Dann hört das Klingeln auf.

Ich entspanne mich wieder und versuche, den Vorfall zu vergessen. Doch wenige Minuten später bimmelt mein Computer erneut.

Wieder meine Mutter. Also doch kein Versehen. Soll ich? Ich kreise kurz mit den Schultern, atme tief ein und nehme das Gespräch dann an.

Erst erscheint nur ein dunkelblaues Bild, dann, ganz körnig, schält sich das Gesicht meiner Mutter aus den Pixeln. Sie hat die Haare kürzer als sonst, die Farbe ist die gleiche, die ich habe. Und Madita normalerweise auch.

„Hallo, meine Süße", tönt es blechern aus den Laptoplautsprechern. Sie strahlt mich an, ihre Haut ist gebräunt. In dem kleinen Bild, das die Kamera von mir aufnimmt, wird mir bewusst, wie blass und müde ich aussehe.

„Hallo", gebe ich wenig begeistert zurück.

„Wie geht es dir?"

Ich schweige. Ich hasse es, wenn diese Frage als Floskel verwendet wird. Aber vermutlich wünscht sie sich eine ehrliche Antwort.

„Schlecht. Ich habe Hausarrest, und mein Leben zieht an mir vorüber."

Irritiert verschwindet kurz das Lächeln aus ihrem Gesicht, das Bild stockt, dann wird es wieder flüssig.

„Wieso denn?", fragt sie. Im Hintergrund winkt ihr Mann und ruft irgendetwas auf Portugiesisch dazwischen. Ich ignoriere das.

„Weil ich mit meiner Band Videos aufgenommen habe, um an einem Wettbewerb teilzunehmen, und Papa nicht will, dass ich im Internet zu sehen bin."

Jetzt guckt sie noch irritierter. „Santianos Kinder stellen alles ins Internet." Santiano ist ihr Mann. „Alles. Bei Instagram, YouTube, manchmal auch Facebook …"

„Sag ich ja. Und ich mache ganz harmlose Musikvideos."

„Hm." Sie weiß jetzt auch nicht weiter. „Soll ich mal mit Papa reden?"

„Nein, du hast eh keinen Einfluss." Ich bin hart, wenn ich mit meiner Mutter rede.

Der Satz trifft meine Mutter. Sogar durch das schlechte Bild sehe ich, dass sie schluckt.

„Wie geht es Madita?", fragt sie schnell, um den Moment zu überspielen.

„Ganz okay. Sie hat einen neuen Freund und ist selten da."

Mama nickt. „Tja, meine Süße …"

„Mira."

Sie flattert mit den Lidern. „Mira, warum ich dich eigentlich sprechen wollte, ist, um mit dir über das neue Baby zu reden."

„Er hat dir davon erzählt?!"

„Natürlich. Wir sprechen regelmäßig miteinander. Aus dir und Madita bekomme ich ja außer Vorwürfen nicht viel heraus."

Das sitzt. Ich wusste nicht, dass sie sich bei Papa über uns erkundigt.

„Er hat mir davon erzählt und auch, dass es mit dir und vor allem Madita Schwierigkeiten deswegen gibt."

Ich schweige und schäme mich ein bisschen, dass ich immer so gemein bin. Vielleicht muss ich ihr eine Chance geben und schauen, was sie daraus macht.

„Und?", frage ich.

Sie holt tief Luft.

„Ich wollte mit dir reden. Vielleicht hast du Lust, zu erzählen, wie es dir damit geht. Ich habe Angst …, dass du ein zweites Mal das Gefühl bekommst, zu einem alten, abgelegten Leben zu gehören. Das hast du durch mich ja wohl schon bekommen."

Immerhin ist sie ehrlich.

„Ich denke nicht, dass Tamara und Papa ein neues Leben mit Baby beginnen und Madita und mich … fallen lassen." Das *so wie du* schwingt unausgesprochen mit.

Sie schweigt wieder betreten. „Okay", sagt sie, „dann ist ja gut."

„Also, ich hoffe nicht, dass es so kommt", gebe ich zu. Denn seitdem sie es eben ausgesprochen hat, spüre ich, dass an der Angst etwas dran ist. Vielleicht hat auch Maditas Wut etwas damit zu tun. Darüber habe ich noch gar nicht nachgedacht.

„Also, du möchtest nicht darüber reden?"

„Nein, danke."

Wieder schweigen wir.

„Mira, ich wollte dir noch etwas vorschlagen."

„Ja?"

„Wenn du irgendwann mal das Bedürfnis hast, etwas Abstand zu gewinnen, dann bist du immer eingeladen, zu Santiano und mir nach Brasilien zu kommen." Sie sieht mich ernst an.

„Mama, du weißt, dass ich für einen kurzen Urlaub nicht fliege …"

„Ich meine auch eher einen langen Urlaub. Ein Auslandsjahr vielleicht, das machen doch viele in deinem Alter. Du könntest hier leben. Auch länger, also dauerhaft. Ich würde mich freuen. Dieses Mal bleibe ich länger an einem Ort als früher."

Ich schlucke. Das hat sie seitdem sie weg ist noch nie angeboten. Immer ging es nur um Besuche. Ich habe seit acht Jahren nicht mehr mit ihr zusammengelebt, ich weiß gar nicht mehr, wie das ist. Trotzdem finde ich das Angebot eigentlich gar nicht so schlecht.

„Denk drüber nach. Die Möglichkeit besteht. Für Madita natürlich auch."

„Hast du mit ihr schon darüber geredet?"

„Das wollte ich gleich machen." Das Bild wird wieder körnig, die Verbindung stockt.

„Denkst du darüber nach?", kommt dann der Ton trotz Standbild.

„Ja", verspreche ich. Dann bricht die Verbindung vollends ab, aber ich glaube, es ist alles gesagt.

Raus aus diesem Chaos, kein Hausarrest, keine Probleme durch Videos, kein überforderter Vater. Der Gedanke hat etwas. Meine Freundinnen kann ich aber nicht zurücklassen. Nicht dauerhaft. Vielleicht für ein Jahr, mit viel Skype und Telefonaten.

Unfassbar, dass ich überhaupt darüber nachdenke. Ich lasse das Gespräch noch einmal wirken.

Brasilien?!

„Sie hat dich ernsthaft nach Brasilien eingeladen? Zum Wohnen?!" Fritzi beißt völlig perplex in ihr Pausenbrot und vergisst dann zu kauen. Kein Wunder, wenn ich sonst von meiner Mutter berichte, dann nur Schlechtes.

„Du denkst aber nicht darüber nach, oder?"

„Nicht wirklich …", sage ich zögernd.

„Hey!" Özlem sieht mich scharf an. „Das war kein klares Nein. Was ist los?!"

„Na ja … zu Hause läuft es total schlecht. Papa ist plötzlich streng, ich habe Hausarrest, Tamara sucht Wohnungen, damit sie und das Baby mit reinpassen, die Videos muss ich löschen, sonst endet der Hausarrest nicht, Madita ist nie da …" Ich lasse die Worte in der Luft hängen.

„Nein, nein, nein", sagt Özlem. „Das willst du nicht wirklich. Spätestens nach vierundzwanzig Stunden würdest du uns vermissen."

Ich lache. „Das stimmt", gebe ich zu und belasse es dabei.

„Wie sieht es im Fall Noisette16 aus?", fragt Özlem dann.

„Nichts Neues", antworte ich. „Wie auch?"

„Okay." Özlem zückt ihr Notizbuch. „Es stagniert im Moment, wir müssen Noisette16 eine Falle stellen."

„Eine Falle?", fragt Fritzi.

„Wir verabreden dich mit ihm und schauen, wer kommt. Ganz einfach!"

„Aber ich darf doch nicht raus!"

„Einmal wirst du dich ja wohl rausschleichen können." Özlem duldet keine Widerworte.

„Außerdem hat er die letzten Instagram-Bilder wieder total lieb kommentiert", säuselt Fritzi. „Und zum letzten Video mit Karls Interview hat er geschrieben, wie schade es sei, dass du gar nicht dabei bist."

„Hm …" Ich habe irgendwie keine Kraft mehr, mich zu widersetzen, und es interessiert mich ja auch.

Das Gefühl, größere Probleme zu haben, die das winzige Noisette16-Geheimnis überschatten, gibt meinen Freundinnen freie Bahn. „Okay", willige ich ein, und Fritzi jubelt, dabei fällt ihr ein Stück Brot aus dem Mund, was Özlem mit einem schrägen Blick kommentiert. Doch dann sieht sie wieder mich an und sagt: „Wir schreiben direkt jetzt eine Nachricht. Morgen fallen die letzten beiden Stunden Kunst wieder aus, das musst du deinem Vater ja nicht sagen."

„Ist Frau Lerche schon wieder erkältet?", erkundigt sich Fritzi.

„Natürlich", entgegnet Özlem unwirsch. „Also, du hast das Zeitfenster zwischen vierzehn und sechzehn Uhr, um bei der Beobachtung dabei zu sein. Da Felix und Leo auf unsere Schule gehen, können wir das Ganze in der Nähe stattfinden lassen."

„In der Eisdiele?", schlägt Fritzi vor.

Özlem grinst. „Ganz genau."

Mit schnellen Fingern tippt sie eine Nachricht. Dann liest sie uns die Worte vor: „Lieber Noisette16, Schluss mit dem Versteckspiel! Ich möchte wissen, wer du bist. Treffen wir uns Morgen um halb drei in der Nähe der Schule?"

Dann drückt sie auf Senden.

„Meinst du nicht, die anderen Bandmitglieder lesen die YouTube-Nachricht, wenn er antwortet?"

Özlem schüttelt den Kopf. „Nee, wir sind schneller und löschen sie dann. Costas ist sowieso nicht mehr unter den Kandidaten, also ist das sowieso egal."

Stimmt auch wieder.

Özlems Handy vibriert im gleichen Moment, in dem das Ende der Pause eingeläutet wird. Aufgeregt liest Özlem vor, während wir Richtung Eingang schlendern: „Ich freue mich sehr, Mira! Sag mir nur wo, und ich werde da sein. Dein Noisette16."

„Großartig!", freut sich Özlem und tippt schnell zurück.

„Fritzi, Mira", sie legt jeweils einen Arm um uns, während wir das Klassenzimmer betreten, „wir haben ein Date."

Ein bisschen aufgeregt bin ich schon, wenn ich an morgen denke. Es fühlt sich ein wenig unfair an, aber Özlem meinte nur, Noisette16 spiele auch nicht mit offenen Karten und müsse sich auf eine Falle einstellen.

Die Aufregung schlägt allerdings um, als ich zum Mittagessen in die Küche komme. Mein Vater hat heute früh Schluss, und es riecht schon leicht angebrannt, als ich reinkomme. Madita mit ihren leuchtend blonden Haaren dreht mir den Rücken zu, und ich wundere mich, dass sie noch nicht längst aufgesprungen ist, um Papa zu retten. Eigentlich bin ich sauer auf ihn, aber Hunger habe ich auch. Deswegen gehe ich schnell zu ihm, drehe den Herd runter und schiebe die Zwiebeln hin und her, gieße die Tomatensoße darauf, die bereitsteht, und lösche damit das Ganze ab.

Dann setze ich mich kommentarlos zu meiner Schwester. Erst jetzt sehe ich, dass ihre Augen rot und geschwollen sind.

„Oh Madita!“, sage ich und lege ihr einen Arm um die Schultern. Papa gießt Nudeln ab und stellt dann Topf und Pfanne auf den Tisch.

Madita schnieft. Ich setze mich neben sie und greife einen Teller.

Papa füllt unsere Teller und sieht mitleidig seine ältere Tochter an.

„Linus hat Schluss gemacht“, heult Madita, und Tränen tropfen auf ihre verkochten Spaghetti. „Er sagt, es sei ihm zu viel, wenn wir uns dauernd sehen. Und eine Beziehung, in der seine Freundin ihm zu viel wird, wolle er nicht.“ Jetzt weint sie richtig los.

„So ein dummer Macho“, sage ich und werde wütend.

„Aber ich mag ihn doch so.“ Maditas Lippe vibriert, dann lehnt sie sich mit dem Kopf an meiner Schulter an. Papa schaut nur überfordert zu. Ich lasse sie eine Weile weinen, dann hat sie sich etwas beruhigt und beginnt zu essen. Ihre Schultern beben noch. Und plötzlich sagt sie ganz unvermittelt: „Ich ziehe nach Brasilien.“

„Was?!“, rufe ich, und Papa fällt die Gabel scheppernd aus der Hand.

„Wie meinst du das?“, fragt er entsetzt.

„Mama hat angeboten, wenn es mir zu viel wird, dann kann ich kommen. Und jetzt wird es mir zu viel.“ Sie fängt wieder an zu weinen. „Neue Wohnung, neues Baby, Miras Videos, Linus … ich habe keinen Bock mehr. Ich will einfach hier weg, auch wenn das heißt, dass ich zu Mama muss. Ist doch mal ein Experiment.“

Jetzt rührt sie trotzig in den Nudeln und sammelt verkohlte Zwiebeln heraus.

Papa ist ganz blass geworden und nimmt jeweils von Madita und mir eine Hand. Madita lässt es zu, ich ziehe meine weg. „Ich weiß, dass das alles ein bisschen chaotisch ist im Moment", meint er mit belegter Stimme. „Aber Madita, wir sind doch eine Familie."

Ich schnaube nur.

„Willst du was sagen, Mira?", fragt er.

„Ja, Familie, in der einer die andere ins Haus einsperrt."

Das Essen schmeckt nicht und ist matschig. Ich schiebe den vollen Teller demonstrativ von mir. Dann sehe ich Madita beschwörend an. „Bitte lass mich nicht allein hier!", flehe ich.

„Du bist doch nicht allein", schnieft sie. „Du hast deine Freundinnen, deine Band, den Typen, der immer deine Videos kommentiert ..."

„Du liest das?!", frage ich überrumpelt.

Jetzt grinst sie doch ein bisschen. „Klar."

„Bekomme ich in dieser Familie eigentlich noch irgendetwas mit?", seufzt Papa ergeben.

„Wenn du unsere Musikvideos schauen würdest, dann vielleicht ein bisschen", entgegne ich kühl. Ich sehe, dass ich ins Schwarze getroffen habe. Er hat sicherlich kein einziges gesehen.

„Ich muss nachdenken", nuschelt Madita dann, und ich sage: „Auf mich warten Hausaufgaben."

Papa bleibt zurück, mit drei halb vollen Tellern Spaghetti. Er tut mir schon ein bisschen leid.

Die Falle

Fritzi hat Funkgeräte von ihren Brüdern geliehen, die wir in der Pause ausprobieren.

„Super“, sagt Özlem, „damit klappt es.“

Um vierzehn Uhr verlassen wir eilig die Schule und laufen zur Eisdiele.

„Mira, du platzierst dich hier auf dem Parkplatz, Fritzi, du auf der Bank an der Straße. Ich selbst bleibe an der Ecke hinter der Eisdiele“, bestimmt Özlem, und wir sind einverstanden.

Ich laufe auf die andere Straßenseite zum Parkplatz und setze mich hinter ein rotes Auto auf meine Jacke.

Mein Funkgerät knackt. „Fritzi an alle, hört ihr mich?“

„Ja“, rauscht Özlems Stimme aus dem Gerät.

„Ich auch“, antworte ich. „Ich habe die Tür im Blick, und ihr?“

„Ich kann in den Gastraum schauen“, sagt Özlem.

„Und ich kann den Weg von der Schule kommend beobachten“, meint Fritzi.

„Okay. Mission Noisette16 beginnt. Roger“, höre ich Özlems Stimme, und dann breitet sich ein Kribbeln in meinen Fingerspitzen aus, so aufgeregt bin ich.

Eine ganze Weile passiert nichts. Aufmerksam beobachte ich den Eingang. Ein alter Mann kommt raus, zwei Mädchen mit Hund gehen rein. An der Theke sehe ich einen Schatten, den ich nicht erkennen kann.

„Özlem", zische ich ins Funkgerät. „Wer arbeitet an der Eistheke?"

Einen kurzen Moment dauert es, bis sie antwortet.

„Eine Frau um die vierzig, ich kenne sie nicht", sagt dann Özlem, und ich weiß, wen sie meint. Auf jeden Fall arbeitet Felix offenbar heute nicht. Sonst hätte er ja auch abgesagt, wenn er Noisette16 wäre.

Wieder passiert nichts. Langsam tut mein Po auf dem harten Boden weh. Und dann, um vierzehn Uhr sechsunddreißig, tönt Fritzis Stimme hoch und aufgeregt an mein Ohr. „Da ist er, da ist er", quietscht sie.

„Wer?!", fragt Özlem heiser.

„Leo!"

„Ich wusste es", flüstert Özlem triumphierend. „Mal schauen, wie lange er auf dich wartet. Mira, willst du eigentlich dann zu ihm rein?"

Mein Kopf dreht sich, mein Bauch rumort, mein Mund ist trocken. Leo also. Dann hat Herr Altmann sich das Flirten vielleicht doch nicht ausgedacht.

Jetzt läuft Leo in mein Blickfeld. Er läuft federnd über den Asphalt, blickt auf das Schild der Eisdiele *Firenze* und läuft dann vorbei, ohne langsamer zu werden.

Einen Moment dauert es noch, bis wir drei realisieren, dass er das Café nicht betreten wird. Dann sagt Fritzi tonlos, was wir alle gesehen haben: „Er ist vorbeigelaufen."

Özlem entgegnet: „Vielleicht hat er reingesehen und erkannt, dass Mira nicht da ist."

„So schnell?", meine ich zweifelnd. Irgendwie bin ich enttäuscht. Ich weiß zwar nicht, was es heißt, wenn Leo Noisette16 ist, aber ich hätte mir eine Lösung des Rätsels gewünscht.

„Vielleicht kommt er wieder und holt nur Blumen", schlägt Fritzi vor, doch daran glauben wir alle nicht. Wir warten noch über eine Stunde, doch weder Felix noch Leo noch ein anderer Mensch von unserer Schule betritt das Lokal.

„Ich muss heim", sage ich irgendwann und krieche aus meinem Versteck hervor. Auch die anderen kommen, und wir treffen uns auf dem Bürgersteig.

„Tja", meint Özlem. „Er ist einfach nicht gekommen. Vielleicht … hat er sich nicht getraut."

Später schreibe ich über den YouTube-Account eine Nachricht an Noisette16. Ist mir egal, wenn es die anderen Bandmitglieder lesen.

Wo warst du heute?, frage ich.

Tut mir leid, Mira, aber ich dachte, du wärst nicht gekommen. Ich hätte dich gern getroffen.

Ob er mich veräppelt?

Wer bist du?! Ich kenne dich, oder?

Es dauert wieder nur eine Minute, bis die Antwort kommt.

Ja, du kennst mich. Wer weiss, vielleicht machen wir bald ja mal etwas zusammen.

Jetzt schreibe ich nicht mehr zurück. Was bildet der sich ein?! Sagt nicht, wer er ist, und will dann etwas zusammen unternehmen? Bestimmt nicht! Ich finde die ganze Sache mehr und mehr zum Kotzen und entscheide, das Kapitel Noisette16 einfach zu schließen und Leo und Felix wieder so zu behandeln, als gäbe es diese Kommentare nicht.

Deswegen schreibe ich Leo sofort: MORGEN NACHHILFE BEI MIR, HAST DU ZEIT? Papa hat noch nichts erlaubt, aber wenn er jetzt noch dafür sorgt, dass meine Deutschnote schlecht ist, wird das hier gar nichts mehr.

Leo antwortet schnell. KLAR, GERN.

Scheint so, als ob er vorher auch schon am Handy war.

Nein, nein, nein! Ich verbiete mir jeden detektivischen Gedanken und freue mich einfach auf eine gute Nachhilfestunde.

Ich klicke mich ein bisschen durch unseren Instagram-Kanal. Özlem hat heute ein Gruppenfoto mit der letzten Torte gepostet. Zum Glück hat sie ein paar Bilder auf Vorrat, sodass unsere Zwangspause nicht so auffällt. In den Kommentaren steht: WANN GIBT ES EIN NEUES VIDEO VON EUCH? EIN BACKVIDEO WÄRE TOLL! und GIBT ES BALD WIEDER EIN LIED? ICH HABE MIR TICKETS FÜR DAS FINALE GEKAUFT. Und dann sehe ich natürlich auch den neuesten Noisette16-Kommentar. TUT MIR LEID, MIRA. BIS BALD! DEIN NOISETTE16.

Wie meint er das schon wieder, was tut ihm leid?! Dass er nicht zur Verabredung kam, dass er nicht verrät, wer er ist?!

Ich bin so wütend und antworte öffentlich: DU BIST EIN STALKER. WENN DU NICHT VERRÄTST, WER DU BIST, DANN LASS MICH IN RUHE.

Ich hoffe, dass der Spuk jetzt vorbei ist.

Am Abend informiere ich meinen Vater, dass ich morgen Nachhilfe-Besuch habe. Er nickt nur. Gut so.

Nachhilfe und Eis

„Mira, warum hast du das kommentiert?!", fährt mich Özlem Samstagmorgen am Telefon an.

„Na, weil es wahr ist. Was ist, wenn es ein ekliger alter Mann ist, der dauernd schreibt? Oder eine gelangweilte blöde Frau? Oder was, wenn es Mark und Lisa sind?!"

„Das glaube ich nicht", widerspricht Özlem.

„Ich habe keine Lust mehr darauf", sage ich nur. „Wenn es ein realer Mensch ist, der mir etwas zu sagen hat, dann soll er sich bei mir melden. Wenn nicht, soll er mich in Ruhe lassen."

Ich schaue auf die Uhr. Kurz vor elf. „Leo kommt jetzt, ich muss noch schnell etwas vorbereiten."

Dann würge ich meine Freundin ab, gehe duschen und suche dann alle wichtigen Notizen raus, die wir zum Lernen brauchen.

Kurz drauf klingelt Leo. Ich öffne ihm die Tür und warte, während ich seine Schritte im Treppenhaus höre.

„Hallo", lächelt er etwas außer Atem, während er mich umarmt. Dann zieht er sich die Schuhe aus und sieht sich in unserem kleinen Flur um. „Nett", sagt er unsicher, und ich lotse ihn direkt in mein einigermaßen aufgeräumtes Zimmer. Madita hat sich eingesperrt und kommt nur raus, wenn sie aufs Klo muss, und Papa ist bei Tamara.

Ich habe bereits zwei Stühle an meinen Schreibtisch gestellt. „Möchtest du einen Tee?“, frage ich.

„Gern“, sagt er, „dann bereite ich mich schon mal vor.“

Ich laufe in die Küche und koche uns eine Kanne Kräutertee. Ich denke an Noisette16, daran, ob es Leo ist, der jetzt so unschuldig in meinem Zimmer sitzt, und will den Gedanken vertreiben, doch es gelingt nicht ganz.

„Egal“, murmle ich. „Egal, egal …“, greife zwei Tassen und gehe zurück in mein Zimmer. Ich stelle eine mir hin, eine ihm, lasse den Tee noch kurz ziehen und gieße uns dann ein. Mit errötenden Wangen sehe ich, dass ich ihm eine kitschige Herztasse hingestellt habe, die Tamara meinem Vater mal zum Scherz geschenkt hat. Zu allem Überfluss steht auch noch *Ich liebe dich mehr als heiße Schokolade* darauf.

Wie peinlich. Auch Leo schaut interessiert die Tasse an. „So ist das also“, grinst er, doch dann geht er zum Glück nicht weiter darauf ein. Und da Leo ein echt guter Nachhilfelehrer ist, kann ich mich gleich auch voll aufs Thema konzentrieren. Wir gehen die ganze Handlung noch einmal durch, wiederholen die Interpretationen aus dem Unterricht, und zum Schluss hat Leo sogar eine alte Klausur von Altmann zum Thema *Antigone* dabei, die seine Schwester mal geschrieben hat.

„Deshalb bist du so gut“, sage ich ironisch, und er grinst. „Vielleicht auch. Aber die Lehrpläne sind in jedem Jahr etwas anders.“

Wir schauen uns die Aufgaben an, und dann bilde ich mir ein, dass jemand leise meinen Namen ruft. Jetzt drehe ich wohl völlig durch. Gemeinsam blättern wir durch die Lektüre und machen Bleistiftanmerkungen.

„Mira!“ Es wird immer lauter. Jetzt scheint das auch Leo gehört zu haben und fragt: „Was ist denn da los?“ Er geht zum Fenster und öffnet es.

„Ja?“, ruft er nach unten. Offenbar steht dort jemand.

„Oh“, ist nur die Antwort. „Ich, äh, sorry … ich wusste nicht …“

Ich dränge Leo zur Seite und blicke nach unten. Felix steht dort mit einem kleinen Papierpaket.

„Hey, Mira“, sagt er. „Ich wollte nur … ich gehe dann mal …“

„Was gibt's denn?“, rufe ich runter.

„Ich dachte, wenn du nicht in die Eisdiele kommen kannst, dann kommt das Eis zu dir.“

Er streckt mir das Papierpäckchen entgegen.

„Oh cool“, sage ich, „genau das Richtige. Ich bin gleich unten.“

Ich sprinte in den Flur. Leo unten, Felix oben. Oh weh! Jetzt drehe ich doch ein bisschen durch. Das Schicksal fordert mich heraus, bringt mich an den Rand der Verwirrung.

Unten angekommen, sehe ich hoch. Leo beobachtet uns aus dem Fenster.

„Hallo“, sage ich und umarme Felix kurz.

„Hier“, meint er und reicht mir das Paket. „Natürlich nur Pistazie. Ich weiß aber nicht, ob es für zwei reicht.“

„Das macht nichts“, sage ich schnell. „Vielleicht will ich ja gar nichts an meinen Nachhilfelehrer abgeben.“ Irgendwie ist mir wichtig, dass er das weiß.

Er lächelt. „Dann schönes Lernen. Bis bald!“

Dann stehe ich da mit meinem Eis und weiß gar nicht, was ich sagen soll.

Langsam trotte ich das Treppenhaus wieder hoch und hole zwei Löffel aus der Küche. Natürlich teile ich.

Als ich wieder in mein Zimmer komme, schaut Leo mich komisch an. „Ist er dein Freund?“, fragt er.

„Nein“, entgegne ich müde. „Eis?“

Und so löffeln wir eine Portion Pistazieneis, die auf jeden Fall für zwei reicht, während wir die alte Arbeit durchgehen und Notizen ins Büchlein schreiben. Ob Felix dachte, ich und er könnten das Eis essen?

Fritzi und Özlem sind eindeutig daran schuld, dass ich nicht mehr neutral denken kann.

Als Leo weg ist, bin ich froh, endlich ganz allein zu sein.

Am späteren Abend klopft mein Vater an der Tür. Ich lasse ihn herein, und er setzt sich auf meinen Schreibtischstuhl.

„Ich wollte mich bei dir entschuldigen“, sagt er. „Ich habe wohl überreagiert.“

„Mit wem hast du gesprochen: mit Mama oder mit Tamara?“

„Mit beiden“, gibt er zu. „Und ich glaube, beide haben recht.“

Ich nicke.

„Ich habe mir die Videos angesehen, und eure Lieder sind wirklich … gut.“

Ich werde hellhörig. Was sagt er da?!

„Auch die Backvideos sind lustig.“ Er lacht. „Das Küchenchaos-Gen hast du von mir.“

„Das stimmt“, grinse ich. „Mit dem Unterschied, dass du noch schlimmer bist als ich.“

„Ich dachte, wir schließen einen Kompromiss: Du nimmst die beiden sehr privaten Videos raus und kannst dafür am Wettbewerb teilnehmen, und der Hausarrest ist natürlich auch aufgehoben.“

„Na endlich!“, rufe ich und springe ihm um den Hals.

„Finde ich auch“, sagt er, und er hört sich fast noch erleichterter an als ich.

Finalsongs

Ich verkünde meiner Band natürlich sofort die frohe Botschaft, und wir verabreden uns für einen ganzen Probetag am Sonntag. Das kann ich mir leisten, ich habe Samstag ja schon viel Deutsch gelernt. Wir haben noch genau eine Woche bis zum Finale, und es wird höchste Zeit, unsere drei besten Songs auszuwählen und ohne Ende zu proben.

Auch Özlem hat angekündigt, für ein lang ersehntes Video vorbeizuschauen, aber glücklicherweise erst am Nachmittag, sodass wir die Diskussion über die Lieder erst einmal untereinander führen können und Costas sich auch wirklich konzentrieren kann.

„Ich habe Kuchen dabei!", sagt Arthur. „Ich wäre ja eigentlich unter der Woche dran gewesen, aber da ist ja alles hausarrestbedingt ins Wasser gefallen."

„Kuchen ohne Kamera?", bemerke ich. „Beeindruckend. Essen wir jetzt plötzlich Kuchen für uns und nicht für unsere Follower?"

Ich grinse, und Costas steigt gleich mit ein: „Also, ich weiß nicht, ob ich das kann. Kuchen essen ist ja schon eine Bürde, das mache ich eigentlich nur für die Klicks", und dann greift er sich mit beiden Händen das größte Stück des Streuselkuchens.

Wir lachen alle, und ich bin heilfroh, dass ich Costas gegenüber wieder so locker und normal bin wie sonst auch. Hoffentlich passiert das bei Leo und Felix auch bald. Schnell verbiete ich mir den Gedanken, denn dieser Tag soll ganz im Zeichen der Band und des Wettbewerbs stehen.

Wir nehmen noch vier kleine Gifs von allen einzeln an ihren Instrumenten auf, und dann starten wir endlich, spielen die Lieder durch, die wir in die engere Auswahl genommen haben, und feilen an Details. Bei zwei Songs sind wir uns einig, einen ruhigen und einen sehr tanzbaren, aber der dritte ist noch unklar.

„Ich bin dafür, noch einen mit richtig gutem Text zu nehmen", meint Arthur, „einen, bei dem die Leute zuhören können."

„So ein Quatsch", grätscht Karl rein. „Das Publikum will beim Finale nicht zuhören, die wollen tanzen, wollen emotional mitgenommen werden."

„Aber was haltet ihr davon", mischt sich jetzt auch Costas ein, „wenn wir einfach *Lang gewartet* nehmen? Das war immerhin unser erstes Lied bei den YouTube-Videos und das offizielle Abstimmungslied. Das kennen die Leute jetzt und können vielleicht schon mitsingen."

Ich sage gar nichts, sondern lächle nur ein bisschen vor mich hin. Ich bin viel zu froh, wieder zur Probe kommen zu dürfen und beim Contest mitzumachen, da ist mir die Wahl des dritten Liedes ziemlich egal.

„Mira, jetzt sag doch auch mal etwas", verlangt dann auch gleich Costas und sieht mich mit erhobenen Augenbrauen an.

„Ich …", beginne ich lahm, „… finde, wir sollten warten, bis Özlem da ist, und ihre Meinung als Außenstehende abwarten. Bis dahin üben wir die beiden anderen Lieder."

Die anderen murmeln bestätigend, nur Costas schaut etwas pikiert. Als wir wieder zu unseren Instrumenten gehen, zischt er mir zu: „Du weißt doch, dass ich nicht gut singen kann, wenn *sie* da ist."

Ich lege ihm kurz die Hand auf die Schulter und murmle zurück: „Sie kommt doch eh und nimmt ein kleines Video auf, danach geht sie wieder. Bleib mal professionell." Ich grinse frech.

„Haha", sagt er und verdreht die Augen.

Ich setze mich an mein Schlagzeug, und dann starten wir mit unseren Finalsongs.

Özlem kann tatsächlich nicht sehr lange bleiben. „Meine Eltern stressen rum wegen des Deutschtests am Freitag."

Dieses Mal habe ich den nicht vergessen!

„Deshalb kann ich nur eine Stunde. Ich bin dafür, dass ihr alle möglichen Lieder anspielt und wir dann in den Kommentaren abstimmen lassen, welches Lied das Publikum sehen will."

„Genial!", ruft Karl. „Özlem, du bist wirklich eine Marketing-Frau. Und wir haben uns in die Haare gekriegt, wie wir es machen, obwohl du die Lösung parat hast."

„Wirklich gut", sagt Costas betont breit grinsend, doch ich sehe, dass er die Finger ineinander verkrampft hat.

„Mira, Mitte der Woche noch ein Kochvideo vor dem Auftritt?"

Ich nicke. Das passt in meinen Zeitplan, trotz Deutschtest.

Wir starten mit dem ersten Lied und müssen zweimal neu anfangen, weil Costas sich versungen hat. Er wird ganz rot und Özlem leider etwas ungeduldig, weil sie bald losmuss. Irgendwann ist das erste Lied geschafft, das zweite klappt besser, und dann braucht Arthur eine kleine Klopause. Özlem gewährt ihm zwei Minuten, und er sprintet los.

„Ach Özlem", sage ich noch schnell, ehe wir loslegen.

„Ja?" Sie schaut das eben gedrehte Material durch und nickt zufrieden. Offenbar kann sie damit schon mal etwas anfangen.

„Die zwei Vlogs von mir, kannst du die löschen? Das ist die Bedingung von meinem Vater, wenn ich das Finale spielen will."

Sie sieht mich schräg an und meint dann: „Klar. Klingt nach einem vernünftigen Deal."

Der Countdown

Özlem löscht die Videos noch am selben Tag. Am Abend sind Papa und Tamara da, und wir schauen zusammen Tatort. Eigentlich mag ich Tatort nicht besonders, aber es kam die letzten Tage so selten vor, dass wir friedlich Zeit miteinander verbrachten, sodass mir jede gemeinsame Beschäftigung gut erscheint.

Irgendwann höre ich im Flur Geräusche, und Madita betritt den Raum, legt sich zu mir auf den Boden und schaut ganz selbstverständlich mit. Bei einer unschönen Leiche schaue ich angeekelt zur Seite und rufe erschrocken: „Huch!“ Maditas Haare sind knalllila.

„Schrei doch nicht so“, weist sie mich zurecht.

Ich nicke anerkennend. „Sieht cool aus“, flüstere ich, und sie lächelt. „Besser als blond.“

„Finde ich auch“, entgegnet sie. „Und da sie eh gebleicht waren und ich meine Farbe nicht zurückbekomme, dachte ich, ich nutze die Gelegenheit für mehr Farbe.“

„Jetzt passt mal auf“, tadelt uns Tamara. „Immerhin hat die Kommissarin gerade eine zweite Leiche gefunden!“

Und dann konzentrieren wir uns einträchtig auf die Leiche und greifen ab und zu in die Schüssel mit den Erdnüssen.

Ich gehe nach dem Tatort bald ins Bett und lese noch ein bisschen. Özlem hat einen neuen Instagram-Post veröffentlicht, den schaue ich mir auch noch an.

Kein Kommentar von Noisette16. Offenbar hat ihn meine Ansage zum Schweigen gebracht.

Zufrieden kuschle ich mich ein. Das Problem habe ich gelöst. Nur komisch, dass ich mich trotzdem nicht ganz und gar glücklich damit fühle.

Die Woche fühlt sich an, wie ein Countdown. Samstag ist der Auftritt, Freitag der Deutschtest, Donnerstag unsere finale Probe, Mittwoch nehmen wir das letzte Video vorm Finale auf, und Dienstag lerne ich noch einmal mit Leo.

Da bleibt nur der Montag für einen ausgedehnten Eiscafébesuch.

Ich bin mal wieder als Erste da. Na ja, ich bin sogar ein bisschen früher gekommen, um Felix zu treffen. Den habe ich die letzten Tage nie gesehen und habe gedacht, es wäre doch mal nett, sich mit ihm zu unterhalten.

Er ist tatsächlich vor Ort und macht hinter dem Tresen Gläser sauber.

„Hallo, Mira", begrüßt er mich und lächelt.

„Hey, Felix! Schön, dich zu sehen!"

„Willst du Eis?"

„Ja, später, wenn die anderen da sind. Erst einmal wollte ich mich bei dir bedanken für die Eislieferung neulich. Das tat echt gut nach den langen Tagen der Abstinenz!"

Er nickt und sagt etwas knapp: „Gern geschehen."

Dann poliert er weiter Gläser, und ich bin mir unsicher, ob ich mich setzen soll oder besser versuche, ein Gespräch zu beginnen.

Doch dann beginnt er in beiläufigem Tonfall das Gespräch. „War das eigentlich dein Freund neulich?"

Och nee, die gleiche Frage hat Leo doch auch mit diesem Unterton gestellt.

„Nein, war er nicht", fauche ich und merke schnell, dass ich mich völlig im Tonfall vergriffen habe. Das wollte ich nicht. Deswegen sage ich schnell: „Tut mir leid, die Tage waren etwas stressig. Aber ich habe keinen Hausarrest mehr!"

Er lächelt jetzt doch wieder. „Das sehe ich. Das heißt, dem Finale steht nichts mehr im Weg. Ich bin schon gespannt!"

„Kommst du etwa?", frage ich verwundert.

„Klar, schließlich hat diese Eisdiele nicht unwesentlich zu euren erstaunlich erfolgreichen Social-Media-Aktivitäten geführt." Er schiebt sich etwas verlegen die Brille nach oben.

Ich bin begeistert und halte ihm die Hand zum Abklatschen hin. Er schlägt ein.

„Dann freue ich mich noch mehr aufs Finale", sage ich.

Er guckt mich skeptisch an. „Wirklich?"

„Klar. Einen wohlwollenden Freund im Publikum zu haben, das können sich doch alle nur wünschen."

In dem Moment kommen Özlem und Fritzi rein.

„Mit wohlwollenden Freundinnen meinst du wohl uns", meint Özlem scherzhaft. „Tut mir leid, Felix, wir müssen die liebe Mira leider mitnehmen."

Er hebt die Hände. „Das habe ich erwartet. Alle wie immer?"

„Wie immer!"

Mit vielsagendem Blick haken mich meine beiden Freundinnen unter, und wir verziehen uns in die allerletzte Ecke des Cafés, wo wir uns in Ruhe unterhalten können.

„Habt ihr geflirtet?!“, zischt Özlem, und ich sehe sie entrüstet an: „Wir haben uns zivilisiert unterhalten! Er kommt auch zum Finale.“

„Wie romantisch“, säuselt Fritzi und stützt ihr Kinn auf.

„Das ist nicht romantisch“, fauche ich, „sondern solidarisch! Hört auf mit dem Blödsinn. Ich habe beschlossen, diesem blöden Noisette16-Kram nicht mehr nachzugehen.“

„Wirklich?“ Fritzi hebt ihren Kopf und sieht mich enttäuscht an. „Aber wir haben uns doch so viel Mühe gegeben! Bist du denn gar nicht neugierig?“

Ich kaue auf meiner Unterlippe herum. „Doch, irgendwie schon. Aber im Moment bin ich davon vor allem genervt. Und ich möchte einfach einen normalen Umgang mit Felix und Leo haben –“

„Aber dafür ist es doch zu spät!“, fällt mir Özlem ins Wort. „Dafür haben wir schon zu viel geforscht.“

„Ja, das versuche ich andauernd zu vergessen“, beteuere ich. „Was ist denn, wenn Noisette16 jemand ganz anderes ist? Oder sogar doch ein gruseliger Stalker?!“

Die beiden sagen nichts mehr. Denn garantieren, dass Leo oder Felix der unbekannte Fan sind, das können sie natürlich nicht.

„Wollen wir nicht noch ein zweites Mal versuchen, ihn zu treffen?“, schlägt Özlem vor, doch ich schüttle den Kopf.

„Wenn er sich nicht getraut hat, ist er selbst schuld. Ich unternehme gar nichts mehr. Und ihr bitte auch nicht!“

Das sitzt.

„Aber …“, beginnt Özlem schon wieder, doch in dem Moment bringt uns Felix unsere Lieblingseisbecher, und sie verstummt.

„Guten Appetit“, sagt er und lächelt uns zu. Mich sieht er vielleicht eine halbe Sekunde länger an als Fritzi und Özlem, und ich zwinkere nervös. Ärgerlich, weil ich mich so aus der Ruhe bringen lasse, schaufle ich einen großen Löffel in mich rein. Sofort bekomme ich Zahnschmerzen von der Kälte.

„Schling doch nicht so!“, weist mich Özlem zurecht. „Oder … bist du etwa nervös?!“

Ich verdrehe die Augen. „Lasst uns das Thema wechseln“, schlage ich vor. „Wir könnten zum Beispiel überlegen, was wir im nächsten Video für ein Rezept ausprobieren.“

Özlem schnippt. „Gutes Stichwort!“ Sie zückt das Notizbuch und schlägt es auf.

„Dann mal her mit den Ideen!“

Das mit diesen Gefühlen ...

Pünktlich zum Abendessen bin ich wieder zu Hause. Madita und Tamara sitzen in der Küche und schnippeln einträchtig nebeneinander Tomaten, während Papa Salat wäscht. Wow. So harmonisch ging es bei uns in den letzten Tagen wirklich selten zu.

„Hallo, Mira", begrüßt mich Tamara und steht auf, um die Tomaten in eine Salatschüssel zu werfen. Inzwischen lässt sich der kleine Bauch nicht mehr leugnen. „Hattest du einen schönen Tag?"

Ich nicke. „Ich war in der Eisdiele mit Özlem und Fritzi." Tamara nickt und greift nach einer Gurke. „Dein Vater und ich haben uns vorhin alle eure Lieder angesehen", sagt sie und beginnt, dünne Scheiben zu schneiden. „Ihr macht das wirklich großartig!"

„Und danke, dass diese beiden privaten Videos nicht mehr online sind", fügt mein Vater in sehr versöhnlichem Tonfall hinzu. Tamara stößt ihn verstohlen in die Seite. Er zuckt zusammen und räuspert sich. „Wir haben uns übrigens Karten für die Veranstaltung am Samstag gekauft."

„Was?!“, rufe ich und lasse die Möhre fallen, die ich mir gerade geschnappt hatte.

„Na ja“, Papa zwinkert, „wir dachten, dass das bestimmt ein spannender Abend wird. Wenn es dir aber peinlich ist, dann bleiben wir im Hintergrund, wo deine Freundinnen uns nicht sehen können.“

Ich grinse. „Quatsch! Ich will lieber, dass ihr tanzt!“ Ein warmes Gefühl breitet sich in meinem Bauch aus. Ich habe das Gefühl, die Wogen glätten sich wieder, das Chaos der letzten Wochen verschwindet langsam. Ein plötzliches Glücksgefühl steigt in mir auf, und ich quietsche und hüpfe um den Tisch herum. Madita verdreht nur die Augen, aber ich sehe, dass ihre Mundwinkel zucken.

Ha!, denke ich. *Du freust dich doch auch.* Doch dann schiebt sich Brasilien wieder in meinen Kopf, und ich merke, dass ich mir ziemlich doll wünsche, weiter mit meiner blöden großen Schwester zusammenzuleben.

Am nächsten Tag gehe ich direkt nach der Schule mit zu Leo, damit wir genug Zeit zum Lernen haben. Seine Mutter ist wieder ganz aufgeregt und serviert uns eine Gemüsequiche und Kuchen zum Nachtisch in einem perfekt aufgeräumten Esszimmer. Ich setze mich an den Glastisch und fühle mich irgendwie deplatziert. Auch Leo bemerkt mein Unwohlsein und fragt seine selig lächelnde Mutter, ob es vielleicht Saft gibt. Sofort springt sie auf und geht Richtung Küche.

„Tut mir leid, dass sie so aufdringlich ist“, raunt Leo mir zu und legt kurz seine Hand auf meine. Ich zucke zusammen, und er zieht sie irritiert weg. „Sorry“, murmelt er.

„Ist nicht so schlimm“, entgegne ich und weiß selbst nicht, ob ich seine Mutter oder das mit der Hand meine.

„Sie denkt, da wäre … etwas zwischen uns … sie ist ganz aufgeregt, dass ich ein Mädchen –“

„Orange, Traube oder Pfirsich?“, flötet seine Mutter dazwischen und steht plötzlich mit drei Tetrapaks in den Händen vor uns.

„Oh … äh …“, sagt Leo und rückt ein bisschen von mir ab. Ich werde rot, das merke ich, und hoffe, dass die anderen mich nicht ansehen. *Na toll!* Meine Taktik, die YouTube-Kommentare zu ignorieren und zu tun, als ob ich bei Leo und Felix keinerlei Hintergedanken habe, funktioniert ja blendend!

Ich pike noch einmal in die Quiche und führe ein Kürbisstück zum Mund. Sie ist wirklich sehr lecker! Das sage ich dann auch, um die komische Stimmung zu beenden.

„Ach Süße, das ist doch nur ein kleiner Snack“, entgegnet Leos Mutter geschmeichelt und streicht sich durch die blonden Locken. Ich sehe, dass sie sich freut. Erst jetzt bemerke ich die leise Klaviermusik im Hintergrund und bin verwundert, wie unterschiedlich Familien sein können.

Leo schenkt sich Traubensaft ein.

Jetzt komme ich doch wieder ins Grübeln. Was meint er damit, dass seine Mutter denkt, da wäre etwas zwischen uns? Denkt er das auch und wollte es mir damit sagen? Oder ist es für ihn völlig abwegig, und deshalb erwähnt er es? Mein Kopf fährt schon wieder Karussell! Ich zwinge mich dazu, schnell den Rest zu essen, damit wir mit dem Lernen beginnen können.

Kaum sind die letzten Krümel verputzt, springt Leo auf. „Danke fürs Essen, Mama. Wir fangen dann mal an.“

Er stapelt die benutzten Teller ordentlich aufeinander, ich trotte ihm hinterher in die Küche, wo er sie in die Spülmaschine räumt. Dann gehen wir endlich hoch in sein Zimmer.

Kaum ist die Tür zu, atmet Leo hörbar aus. „Puh", stöhnt er. „Ich bin das einzige Kind, ich glaube, das merkt man manchmal. Und das mit diesen Gefühlen –"

„Lass uns anfangen", rufe ich etwas angespannt dazwischen. Ich werde schon wieder panisch, er könnte etwas zu Noisette16 sagen. Vielleicht war diese ganze Nachhilfesache auch eine dumme Idee! Er zuckt mit den Achseln. „Okay", sagt er und packt die Deutschsachen aus. Ich befinde mich wieder auf sicherem Terrain! Zum Glück läuft die Nachhilfe wieder ziemlich gut, und ich fühle mich erstaunlich vorbereitet. Wir reden zum Glück nicht mehr über irgendwelche Gefühle, sondern bleiben bei der Lektüre. Ich stelle extra ganz viele Fragen, damit wir nie einen Moment Pause haben, in dem irgendetwas Unerwartetes passieren könnte. Endlich haben wir das Büchlein durchgeblättert, da springe ich auch schon auf.

„Ich muss los!", rufe ich etwas angespannt.

„Ah, okay …" Leo zieht verwundert die Augenbrauen zusammen. „Na, wenn das so ist. Ich dachte, vielleicht machen wir noch –"

„Nein!", sage ich und umarme ihn hastig. „Danke! Bis morgen!"

Erst als ich das Haus verlasse, merke ich, wie die Anspannung von mir abfällt.

Eine Umarmung

Am nächsten Morgen habe ich erst zur dritten Stunde, weil Frau Lerche mal wieder krank ist. Ich nutze die Zeit, um eine Stunde länger zu schlafen und dann gemächlich im Schlafanzug aus meinem Zimmer zu tappen.

Aus der Küche höre ich Gemurmel und wundere mich. Madita muss schon in der Schule sein, und mit wem sollte sie um die Zeit auch reden? Tamara und Papa sind jetzt schon im Kindergarten.

Vorsichtig öffne ich die Küchentür und sehe Madita, wie sie vor ihrem PC spricht. Als sie mich hört, dreht sie sich um. Ihre lila Haare sind schon etwas ausgeblichen.

„Oh, Mira!“, sagt sie und klappt das Display etwas nach unten. „Wieso bist du nicht in der Schule?!“

Ich fahre durch meine Locken, „Frau Lerche ist krank.“

Madita beißt sich auf die Lippe.

„Und wieso bist *du* nicht in der Schule?“

Madita dreht sich zur Seite. „Ich … äh …“

„Sie schwänzt“, dröhnt es blechern aus den Laptoplautsprechern.

„Mama?!“, rufe ich entsetzt.

Madita rollt mit den Augen und klappt den Bildschirm wieder hoch.

„Hi." Mama lächelt verpixelt.

„Wieso schwänzt du?", fahre ich meine Schwester an und schlage mit der Hand auf den Bildschirm, sodass er sofort zuklappt. Empört sieht meine Schwester mich an.

„Wir sprechen über Brasilien. Zur dritten Stunde gehe ich zur Schule." Sie funkelt mich feindselig an. „Außerdem hast du mir nichts zu sagen. Du bist meine kleine Schwester!"

In meinem Bauch fängt plötzlich eine enorme Wut an zu brodeln. Ich ziehe die Stirn zusammen und rufe etwas zu laut: „Ist das deine Strategie, ja? Einfach verschwinden, wenn es stressig wird, und mich hier allein zurücklassen?"

Verblüfft sieht mich Madita an. Mit solch einem Ausbruch hat sie nicht gerechnet.

Ich drehe mich um und renne aus der Küche. In Windeseile habe ich mich angezogen und bin aus der Wohnung gestürzt. Ohne Schulranzen und ohne Schlüssel. Mist.

Und jetzt? Während ich so im Hausflur stehe, verpufft mein Ärger, und ich bin nur noch traurig. Ein Kloß schiebt sich in meinem Hals nach oben, und ich muss die Tränen zurückhalten.

Klingeln werde ich jetzt ganz bestimmt nicht! Und der Unterricht fängt auch erst in anderthalb Stunden an. Viel bleibt mir nicht übrig, also schlendere ich nach draußen und mache mit vielen Schlenkern einen Spaziergang Richtung Schule.

Als ich am Eiscafé *Firenze* vorbeikomme, luge ich hinein. Felix steht nicht hinter dem Tresen. Kein Wunder, es ist ja auch Vormittag, und er hat neulich schon Ärger mit seinen Eltern gehabt.

Irgendwie bin ich ein kleines bisschen enttäuscht. Felix verbinde ich mit dem *Firenze*, das *Firenze* verbinde ich mit Eis und Eis mit Sommerstimmung und guten Gefühlen. Stattdessen ist dort wieder die mittelalte Frau, und ich habe keine Lust, mir ein Eis zu holen. Also schlendere ich weiter durch die Straßen und hänge meinen Gedanken nach. Meine Schwester will also tatsächlich nach Brasilien. Ich kann es nicht fassen. Lässt mich allein, während alle auf das neue Baby warten. Jetzt steigen mir die Tränen doch in die Augen. Schnell biege ich ab und laufe auf einen menschenleeren Spielplatz. Der Himmel ist blau, ein leichter Wind bläst, und ich schließe die Augen, atme tief ein und aus. Dann gehe ich zur Schaukel und setze mich. Madita weg, wir in einer neuen Wohnung, Papa und Tamara wahrscheinlich dauermüde und ich und meine Band … ja, was ist mit uns? Ob wir Chancen beim Finale haben? Der Gedanke macht mir mehr Spaß als der an meine Schwester und hebt meine Laune. Ich fange an, stärker zu schaukeln. Mir ist schon klar, dass wir beim Ranking nur so weit oben gelandet sind, weil unser erstes YouTube-Video so gut geklickt und geteilt wurde. Musikalisch sind schon starke Bands dabei, ich habe mir natürlich die Videos der neun anderen angesehen.

Aber egal, was passiert, Hauptsache, dabei sein. Ob Noisette16 auch da sein wird? Wieder ärgere ich mich, dass ich an diesen Stalker denke. Immerhin hat er aufgehört zu kommentieren.

Ich schließe wieder die Augen und gebe mir mit den Beinen Schwung. Die Vögel zwitschern, und ich denke, dass ich eigentlich ganz glücklich bin. Eine Weile lasse ich mich von den Sonnenschatten auf meinen geschlossenen Lidern mitreißen, als jemand plötzlich „Hey“ sagt. Ich öffne die Augen und kann niemanden sehen.

„Hinter dir."

Ich versuche, gekonnt von der Schaukel zu springen, doch stattdessen lande ich mit dem Po im Sand. „Au!"

„Alles okay?" Ein Arm berührt mich an der Schulter, und ich sehe in Felix' besorgtes Gesicht.

„Du!", rufe ich.

„Ich!", antwortet er. Dann bemerkt er die getrockneten Tränenspuren auf meinem Gesicht. Ich sehe, dass er den Impuls hat, mit einer Hand mein Gesicht zu streicheln, doch er lässt es zum Glück. Ich rücke ein Stück ab.

„Alles okay?", fragt er.

Ich nicke, dann schüttle ich den Kopf. „Irgendwie ist mein ganzes Leben durcheinander", murmle ich. „Einfach alles."

Er sieht mich einen Moment an. „Soll ich dich in den Arm nehmen?"

Ich zögere. Was, wenn er Noisette16 …? Ach egal, ich kann nicht so misstrauisch durchs Leben gehen.

„Ja", entgegne ich mit etwas brüchiger Stimme und schlinge die Arme um ihn. Er legt seine Hände vorsichtig auf meinen Rücken, und ich kann sein Shampoo riechen. Tief atme ich ein, und eine Träne fließt in seinen Pulli. Hoffentlich merkt er nichts. Ich bin erstaunt, wie gut eine Umarmung tut. Bestimmt stehen wir eine ganze Minute so auf dem Spielplatz. Die Schaukel quietscht, und Felix atmet ganz ruhig. Es fühlt sich erstaunlich normal an, ihm so nah zu sein, und ich löse mich langsam von ihm.

„Danke", sage ich jetzt mit festerer Stimme. „Das tat mir gut."

Er lächelt. „Gehen wir zur Schule?"

„Hast du auch zur Dritten?"

„Ja."

Und dann schlendern wir vom Spielplatz zurück auf die Straße. Bis zur Schule sagen wir nichts, aber das ist okay. Ein schönes Schweigen, kein angespanntes. Am Schuleingang trennen wir uns. Ich muss zu Deutsch, er in die Sporthalle. Einen Moment blicken wir uns an. Dann sage ich: „Wenn du mal eine Umarmung brauchst, gib mir Bescheid."

Entspannungseis

Leo sieht nervös auf die Uhr, als ich das Klassenzimmer betrete. „Ich dachte schon, du kommst nicht mehr."

Auch er umarmt mich. Und auch das fühlt sich gut an. Vielleicht mag ich es einfach, umarmt zu werden? Ich winke Fritzi und Özlem hinter mir. Fritze hebt bedeutungsvoll eine Augenbraue. Ärgerlich blicke ich sie an, doch sie unterdrückt nur ein Kichern. Zum Glück zieht Özlem sie runter auf ihren Stuhl.

„Und bist du schon aufgeregt?", fragt Leo.

„Wegen des Auftritts?", entgegne ich. „Ja, total. Wir haben nur noch eine Probe und dann muss alles sitzen ..."

„Äh, ich meinte eigentlich die Deutscharbeit."

„Oh." Jetzt bin ich verwirrt. Daran hat er gedacht. „Schon. Danke für deine große Hilfe!", beeile ich mich, hinterherzuschieben.

Er nickt freundlich: „Und noch einmal Entschuldigung wegen meiner Mutter."

Oh nee, nicht schon wieder dieses Thema.

„Kein Problem!", winke ich ab.

„Sie würde dich gern mal zu einem aufwendigeren Abendessen einladen", raunt er dann.

„Ich weiß nicht …" Ich werde rot und will nicht unhöflich wirken.

Da kommt Herr Altmann rein und lässt seinen Blick durch den Raum schweifen. Ich bin froh, das Gespräch beenden zu können.

„Kann ich verstehen", flüstert Leo. „Aber auch ich würde mich freuen, wenn wir mal etwas miteinander machen, das nicht mit Deutschunterricht zu tun hat."

„Ist das so?!", ruft Altmann mit schneidender Stimme durch den ganzen Klassenraum. Ich zucke zusammen.

„Na, dann frag Mira nach der Stunde. Ich persönlich finde es übrigens begrüßenswert, dass ihr vor allem etwas für den Deutschunterricht macht." Er wendet sich dem Klassenbuch zu und beginnt damit, hinter jeden Namen einen Haken zu setzen.

Als ich mich Leo zuwende, hat der ziemlich rote Wangen, und an dieser Stelle ist das Gespräch beendet.

Ich höre Fritzi und Özlem hinter mir kichern. Mark flüstert Lisa etwas zu. Ich stütze meinen Kopf auf die Hände und halte mir ein paar Sekunden die Ohren zu. Das tut gut.

Der Unterricht geht heute recht schnell rum. Nach Deutsch kommt noch eine Doppelstunde Mathe und dann Physik, beides mag ich ganz gern, Fritzi hingegen stöhnt.

Später schlendern wir raus in die Sonne und machen uns auf den Weg, um in Fritzis Küche das nächste Video aufzunehmen. Von meinem Küchenausraster heute Morgen und von meiner Begegnung mit Felix erzähle ich nichts. Ich habe keine Lust, dass es dann wieder losgeht mit dem Notizbuch und den Mutmaßungen, wer denn nun Noisette16 sein könnte. Doch natürlich wird es trotzdem Thema.

„Sag mal, was war denn das vorhin mit Leo im Unterricht?", fragt Fritzi interessiert.

„Keine Ahnung“, entgegne ich schroff, und Fritzi sieht mich hinter ihren blau-grünen Strähnen erschrocken an.

Ich sehe, wie Özlem sie unter gehobenen Augenbrauen anblickt, doch ich gehe nicht darauf ein.

„Upps, schlechte Laune“, singt Özlem, und Fritzi legt versöhnlich einen Arm um meine Schultern. „Vielleicht brauchen wir alle ein Entspannungseis?“

Da kann ich natürlich nicht schmollen.

„Ich glaube, das brauchen wir“, entgegne ich, hake mich bei den beiden ein und ziehe sie die Straße hinunter Richtung Eisdiele.

Als wir dort ankommen, wischt Felix die Tische draußen ab. „Schon wieder da?“, frage ich ihn überrascht. Er hatte doch auch erst zur Dritten.

„Schon?“, hakt Özlem nach, doch wir ignorieren das.

„Direkt von der Schule wieder hierher“, grinst er und schiebt sich die Brille ein Stück die Nase nach oben. Er nimmt noch rasch die Bestellung einer alten Dame auf – Milchkaffee mit Schokostreuseln –, dann meint er: „Ich muss jetzt meine Stammkundinnen bedienen.“

Wir freuen uns und laufen ihm hinterher ins Café.

„Bleibt ihr, oder nehmt ihr ein Eis auf die Hand?“

„Auf die Hand“, erwidern wir im Chor, und Felix lacht: „Ihr seid ja wie dieser dreiköpfige Hund.“

Mir gibt er zwei Kugeln Pistazieneis, die anderen beiden nehmen Schoko und Himbeere.

„Ich zahle“, flötet Fritzi, doch ich zücke bereits mein Portemonnaie. „Nee, lass mal“, entgegne ich und beiße die Zähne zusammen. „Heute übernehme ich.“ Ich bin für den Rest des Monats eigentlich fast pleite, denn diese Videogeschichte hat noch mehr Cafébesuche gekostet als sonst. Aber ich erhoffe mir noch einen kleinen Moment mit Felix. Fritzi meint nur: „Ich halte dich nicht auf!“, und folgt Özlem bereits Richtung Ausgang. Gut!

Ich reiche Felix das Geld und komme etwas näher an die Theke heran.

„Alles in Ordnung?“, flüstert er mir zu. Er hat sofort verstanden, dass ich meinen Freundinnen nichts von vorhin erzählt habe.

„Ja, es geht wieder“, entgegne ich. „Und bei dir?“

„Ich …“ Er zögert. „Ich denke viel nach. Vielleicht komme ich bald auf dein Umarmungsangebot zurück.“

„Kommst du, Mira?“, ruft Özlem mir zu. Schnell gibt Felix mir das Wechselgeld, und wir grinsen uns noch einmal verschwörerisch zu. Es fühlt sich gut an, ein klitzekleines Geheimnis mit ihm zu haben.

Zuckerschrift

Bei Fritzi zu Hause steht ihr Bruder in der Küche und kocht. „Hey“, ruft er und deutet auf seine Pfanne. „Gemüsepfanne mit Reis. Habt ihr Hunger?“

Ich knabbere am Rest meiner Waffel und blicke die anderen unschlüssig an. „Klar, wenn du etwas übrig hast“, meint Özlem und leckt sich die eisverschmierten Lippen sauber.

„Ich habe eh für mehr Leute gekocht. Ist gerade fertig!“

Er gibt uns allen einen Teller mit seinem Essen.

„Cool, danke“, freut sich Fritzi, und wir drei laufen über die Terrasse in den sonnendurchfluteten Garten. Langsam macht die Sonne diese spätsommerliche Herbstlaune, und es geht mir wieder richtig gut, als ich mir die erste Gabel in den Mund schiebe.

„Was ist die Videoidee für heute?“, fragt Fritzi mit vollen Backen.

Özlem schluckt, dann antwortet sie: „Ich habe Zutaten für einen ganz einfachen Schokokuchen dabei. Das Besondere ist die Zuckerschrift. Damit schreibt Mira am Ende drauf: *Kommt zum Finale!* Das ist doch witzig, oder?“

„Klingt nicht zu aufwendig“, antworte ich. „Nur das mit der Zuckerschrift … das könnte schwierig werden.“

Ich behalte recht. Wir warten, bis Fritzis Bruder die Küche geputzt hat, dann sind wir dran. Özlem packt die Zutaten aus, und der Kameraaufbau geht erstaunlich schnell. Inzwischen hat sie Routine.

Der Anfang funktioniert auch erstaunlich gut. Obwohl Schokokuchen gefährliches Terrain ist, bleibt es bei einem großen Fleck auf meinem hellblauen Top, und es kommt nicht zur Küchen-Katastrophe. Ich verhasple mich kaum, wir drehen wenig nach, die Kuchenecken sind nur leicht verbrannt, es läuft. Doch dann kommt die Zuckerschrift. Schon der erste Buchstabe sieht aus wie eine missglückte Zickzacklinie. „Mist", murmle ich. Fritzi beißt sich in die Faust, um nicht zu lachen. Es muss sehr komisch aussehen, wie ich hoch konzentriert versuche zu schreiben. Als ich nach der roten Lebensmittelfarbe greife, um *Finale* zu schreiben, passiert es. Ich drücke, und die Zuckerpampe spritzt mir direkt ins Gesicht. „Aber was?!", rufe ich, springe zurück, bringe eine Blechschüssel mit Teigresten zum Fallen und klammere mich am Küchentresen fest. Ich greife nach einem Küchentuch und reibe mir das Gesicht sauber. Endlich kann ich die Augen wieder öffnen.

„Ähm, ja … was war das?", frage ich in die Kamera und laufe zurück zum Kuchen, um die Tube zu untersuchen. „Aha!" Ich halte sie in die Kamera. Auf der Rückseite gibt es ein kleines Loch, durch das die Farbe unter Druck hinten herausspritzte. Özlem hält sich den Bauch und zwingt sich zum Schweigen. Ich nehme rasch die blaue Tube und krakle das Wort zu Ende. Nicht einmal ich kann den Schriftzug lesen. Peinlich berührt halte ich den Kuchen in die Kamera, zucke entschuldigend mit den Schultern und sage: „Ja, dann sehen wir uns hoffentlich beim Finale." Ein paar Sekunden grinse ich noch, dann hat Özlem die Kamera ausgeschaltet und bricht in lautes Lachen aus. „Das war wirklich lustig", prustet sie.

„Lustig?“, frage ich. „Du liebst es doch, wenn mir diese Patzer passieren.“

Özlem kichert. „Stimmt, das war gut. Los, heb den Kuchen noch einmal an, dann mache ich gleich ein Bild für Instagram.“ Ich posiere für die Handykamera und stelle den Kuchen dann ab.

„Den bringst du morgen zur Generalprobe mit. Dann schneide ich heute noch das Backvideo, damit es spätestens morgen früh online geht. Und morgen bei der Probe drehen wir zumindest noch eine Instagram-Story mit dem Kuchen und ein, zwei Bilder von der Generalprobe.“

„Aber eigentlich“, lenke ich ein, „ist das Voting doch vorbei, und wir müssen gar nicht mehr so einen Stimmenfang betreiben.“

„Tz, tz“, meint Özlem. „Vor dem Voting ist nach dem Voting. Wer weiß, wohin die Reise mit *Eisfabrik* noch geht?“

„Vielleicht nach Teneriffa“, zwinkert Fritzi. Ich lasse das alles mal so stehen.

Wir räumen noch gemeinsam auf, dann verabschiede ich mich, um wenigstens noch eine Stunde Deutsch zu lernen.

Die Wohnung ist leer, als ich reinkomme. Glücklicherweise hat mir Madita meinen Schlüssel unter die Matte gelegt. In dem Moment vibriert mein Handy, und Papa schreibt, dass er heute bei Tamara übernachten wird. Madita steckt bestimmt bei ihrer besten Freundin.

Schön. Dann nutze ich die Gelegenheit, mich mit meinen Lernsachen auf dem großen Küchentisch auszubreiten. Das darf ich normalerweise nämlich nicht, weil ich damit fast immer im Weg bin, aber ich genieße es, wenn ich den Platz habe, alles aufzubauen. So sitze ich fast noch zwei Stunden über den Deutschsachen, mache sogar meine Physikhausaufgaben und bin am Ende des Abends ziemlich stolz darauf, dass ich mich ganz selbstverständlich um die Schule kümmere, ohne dass Papa es mir sagen muss.

Ich koche mir später noch ein paar Nudeln und verziehe mich in mein Zimmer. Weit nach zehn Uhr höre ich die Haustür ins Schloss fallen. Madita. Aber Papa ist ja eh nicht da, und Madita hat die Gunst der Stunde genutzt. Ich überlege, ob ich sie begrüßen gehen sollte, doch dann denke ich an den Morgen und lasse es.

Fehlende Leidenschaft

Die Generalprobe am nächsten Tag wird katastrophal. Noch nie waren wir so schlecht.

Costas versingt sich in einer Tour und schaut dann zu Özlem, die versucht, wenigstens eine kleine fehlerfreie Story aufzunehmen. Karl ist übermüdet, und Arthur niest die ganze Zeit. Ich mache meine Sache ganz gut, aber wenn sich keiner der anderen an meinen Takt hält, dann kann ich auch nichts mehr retten. Ich bin genervt, Arthur auch. Karl wirkt desinteressiert, und Costas ist angespannt. Sogar Bolle, der neben dem Sofa liegt, wirkt unglücklich.

„Özlem, hast du deine Story?", frage ich irgendwann und stehe von meinem Schlagzeug auf. Sie zieht die Augenbrauen zusammen. „Das mit dem Kuchen habe ich, aber eine richtig tolle Probenszene fehlt noch."

Ich atme hörbar aus. „Und denkst du … eine nicht ganz so tolle Probenszene reicht auch?"

Özlem sieht mich entsetzt an und fühlt sich in ihrer Professionalität nicht ernst genommen.

„Ich dachte nur … man sagt doch auch immer, dass Generalproben schiefgehen müssen, damit der Auftritt gut wird. Vielleicht kannst du daraus etwas Charmantes basteln und eine Szene nehmen, die total danebengegangen ist?“

Özlem wiegt den Kopf hin und her. „Ja … oder ich warte, bis es besser läuft.“

Jetzt kommt mir Costas zu Hilfe. „Bitte sei nicht böse“, druckst er herum. „Aber … vielleicht müssen wir es noch einmal ohne Publikum versuchen.“

Özlem blickt von mir zu ihm und wieder zurück. „Okay“, sagt sie nur, und ich habe Angst, dass sie eingeschnappt ist.

„Und danke Özlem, dass du uns so unterstützt“, sage ich noch, und daraufhin lächelt sie zum Glück.

„Es gab übrigens viele Likes für das Backvideo von heute Morgen, und ein paar Leute meinten sogar, dass sie zum Finale kommen.“

Sie tritt etwas näher an mich heran. „Noisette16 hat übrigens wieder nichts kommentiert“, raunt sie. „Den hast du offensichtlich vergrault.“

„Hoffentlich“, entgegne ich knapp.

Nachdem die Tür hinter Özlem zugeschlagen ist, legt Costas den Kopf auf meiner Schulter ab. Ich streichle seinen Rücken.

„Ich kann mich nicht konzentrieren, wenn sie da ist“, flüstert er.

„Na, jetzt ist sie ja weg“, entgegne ich und dann lauter: „Jetzt noch einmal von vorn!“

Danach läuft es okay. Wir schaffen es, alle drei Finalsongs einigermaßen fehlerfrei zu spielen, auch wenn die Leidenschaft gerade fehlt. Aber die ist am Samstag hoffentlich da.

Am nächsten Morgen in der ersten Stunde schreiben wir die Deutscharbeit. Ich habe ganz gut geschlafen und fühle mich so vorbereitet wie lange nicht mehr. Ohne dass Altmann etwas sagen muss, setze ich mich vorn ganz allein hin, nur mit der Lektüre, Stiften und Papier in der Hand.

Altmann stellt sich vor die Klasse, die Arbeitsblätter in der Hand. „Ich hoffe, ihr habt gut gelernt. Ich wünsche euch viel Erfolg.“ Bei den Worten sieht er mich an. Ich glaube, er möchte wirklich, dass ich es schaffe. Nachdem er alle Blätter verteilt hat, dürfen wir gemeinsam umdrehen. Ich lese mir die Fragen durch. Bei fast allen habe ich schon auf den ersten Blick eine Idee. Ich blicke auf die Uhr. Ab jetzt habe ich neunzig Minuten Zeit. Ich setze mich bequemer hin und beginne die erste Frage zu beantworten.

„Die Zeit ist um! Jetzt geben bitte auch die Letzten ab“, tönt Altmanns donnernde Stimme durch den Klassenraum. Ich gehöre natürlich zu den Letzten, Fritzi auch. Ich seufze. Eine Frage konnte ich erst halb beantworten. Ein gutes Gefühl habe ich trotzdem, als ich Altmann das Blatt reiche. Meine Wangen fühlen sich heiß an, und ich sehe hinüber zu Leo. Er hebt den Daumen. Ich nicke. Dann packe ich meinen Rucksack zusammen. Ich fühle mich nun doch etwas ausgelaugt und brauche am längsten. Deshalb verlasse ich auch als Letzte den Klassenraum. Als ich an Altmanns Pult vorbeigehe, sieht er von einem beschriebenen Blatt auf. Sofort erkenne ich meine Schrift. „Das sieht auf den ersten Blick wirklich gut aus“, sagt er dann und lächelt knapp. „Dieses Mal musst du dir wohl keine Sorgen machen. Weiter so!“ Und mit einer erstaunlichen Leichtigkeit im Bauch verlasse ich den Klassenraum.

Vor der Tür warten Fritzi, Özlem und Leo auf mich. „Und, wie lief es?!“, stürmen sie auf mich ein.

„Ich habe ein gutes Gefühl“, sage ich, und gemeinsam schlendern wir den Flur entlang in die große Pause.

„Ich denke auch, dass du das schaffst“, ereifert sich Leo, „so gut, wie wir gelernt haben!“

„Ja, ziemlich gut. Das hat mir sehr geholfen.“

Er druckst herum und sieht mich dann an. „Wir können das auch gerne wieder tun.“

Ich lächle erst einmal nur unbestimmt und weiß, dass Fritzi und Özlem sich einen Blick zuwerfen. Ein kurzer Moment der Stille entsteht, dann sagt Leo: „Gut, ich gehe mir ein Brötchen kaufen. Wir sehen uns am Samstag!“

„Samstag?“, frage ich.

Leo nickt und streicht sich eine blonde Strähne aus dem Gesicht. „Klar, das Finale!“

„Kommst du etwa?“ Fritzi stößt mich in die Seite.

„Klar“, grinst Leo, „es kommen doch alle!“

Schaumbad

Mittags treffe ich meinen Vater in der Küche. Er versucht sich an einer Gemüsesuppe, und als er sie mir serviert, ist sie weder angebrannt noch versalzen. Sie schmeckt nur etwas fade.
„Wie lief die Klassenarbeit?", fragt er interessiert.

Ich schiebe mir einen viel zu heißen Löffel Suppe in den Mund. „Au!" Schnell spucke ich sie zurück in die Schale. Mein Vater sagt zum Glück nichts. Stattdessen wartet er gespannt auf meine Antwort. Ich huste, dann sehe ich ihn mit Tränen in den Augen an.

„Lief super", sage ich und schiebe mein Essen erst einmal weg. Suppe im Sommer ist sowieso komisch. „Herr Altmann hat direkt reingesehen und schien zufrieden zu sein."

Papa strahlt. „Toll! Na, Mira, wenn das läuft, dann müssen wir über dieses Thema ja auch nicht mehr reden." Er sieht erleichtert aus. „Du weißt ja, dass ich das nicht gern mache."

„Das weiß ich", lächle ich und denke, dass es zu Hause jetzt wieder entspannter werden kann.

„Wenn sich jetzt Madita wieder beruhigt", murmelt Papa selbstvergessen.

Mist. Da ist er wieder, der Kloß im Bauch. Brasilien.

„Lass uns nicht darüber reden", sage ich, und meine gute Laune ist verflogen. Papa seufzt. „Du hast recht. Morgen ist dein großer Tag, und darauf konzentrieren wir uns!"

Er lächelt mir etwas schief zu, und ein bisschen beruhigt mich das wirklich.

Trotz der hohen Temperaturen lege ich mich nach dem Mittagessen in die Badewanne. Wasser beruhigt mich immer, und Ruhe habe ich gerade wirklich nötig. Ich kippe viel zu viel Schaumbad in die Wanne, und bald bauschen sich riesige Wolken im Wasser auf. Ich strecke meine Zehen nach draußen und wackle mit ihnen.

Mit geschlossenen Augen lausche ich der klassischen Musik und wiege meinen Kopf ganz leicht im Takt. So bleibe ich eine ganze Weile im Wasser, und meine Finger sind schon schrumpelig, als es zaghaft klopft.

„Mira? Bist du da drin?", höre ich die Stimme dumpf durch die Tür.

„Ja", rufe ich ihr zu.

„Darf ich reinkommen?"

Ich schweige. Eigentlich habe ich keine Lust auf sie und das Brasilien-Thema. Aber andererseits bemühe ich mich gerade um gute Beziehungen in meiner Familie.

„Komm rein."

Zögernd streckt meine große Schwester ihren lila Kopf ins Bad. „Oh, das riecht ja stark", ruft sie und meint den Rosenbadezusatz.

Dann schließt sie die Tür und hockt sich auf den geschlossenen Klodeckel. Sie zieht die Knie an und schaut gedankenverloren in den Schaumberg.

„Mira, du hast es gut", sagt sie.

Ich verschlucke mich am Badewasser und huste erst einmal.

„Wieso?", keuche ich dann.

„Du hast zwei richtig gute Freundinnen, du hast die tolle Band, du weißt, was du willst, und bist so … selbstbewusst."

„Selbstbewusst?" Ich sehe sie mit schräg gelegtem Kopf an. „Vielleicht etwas laut und tollpatschig."

„Eben", entgegnet Madita und sieht mir jetzt in die Augen. „Selbstbewusst. Du schämst dich nicht, dir ist egal, was die Leute von dir denken. Wenn Lisa und Mark über dich lästern, stört dich das nicht. Wenn im Internet alle sehen, wie ungeschickt du bist, lachst du darüber. Keiner findet es wirklich schlimm, weil du nämlich Freundinnen hast, die dich so akzeptieren, wie du bist …"

„Na ja, also, mir ist schon auch mal etwas peinlich", unterbreche ich sie, „und es geht auch nicht spurlos an mir vorbei, wenn Mark und Lisa dumme Kommentare machen."

„Aber das ist irgendwie anders. *Du* bist irgendwie anders."

Ich denke kurz nach. Irgendwie weiß ich, was sie meint. Aber das aus dem Mund meiner Schwester zu hören, überrascht mich.

„Ich dachte, du findest mich unmöglich."

Madita rollt mit den Augen. „Bist du ja auch. Aber ich finde dich unmöglich, weil es *mir* peinlich ist. Weil ich nicht dazu stehen kann. Meine Verbindung zu Tessy ist lange nicht so tief wie deine Freundschaften."

„Madita, wo kommen diese Gedanken plötzlich her?", frage ich sie erstaunt.

Sie zuckt die Schultern und sieht auf ihre Füße, das lila Haar fällt ihr über das Gesicht.

„Ich habe so viel über Brasilien nachgedacht und über Papa und Tamara. Darüber, ob ich deine Videos und das Baby wirklich schlimm finde oder ob ich einfach nur nicht selbstbewusst genug bin, zu euch zu stehen."

So etwas hat Madita noch nie gesagt. Nie habe ich sie so ehrlich, so verletzlich gesehen. Irgendetwas haben die letzten Wochen auch mit ihr gemacht.

Ich weiß gar nicht, was ich sagen soll. Die Schaumbläschen zerplatzen mehr und mehr, und langsam ist das Wasser unangenehm lau geworden.

„Wegen Brasilien …", setzt Madita jetzt noch einmal an.

„Können wir darüber nach dem Auftritt reden?", sage ich schnell.

„Sicher?" Sie sieht mich fragend an.

„Ja. Ich will mich morgen konzentrieren können. Ist das okay?"

„Klar", sagt sie leise, und ich spüre, dass sie mir etwas sagen will. Doch ich habe Angst. Nicht jetzt.

„Willst du mir helfen, Klamotten für den Auftritt morgen auszusuchen?", biete ich ihr an, um die komische Stimmung zu beenden.

Da blitzen ihre Augen auf. Ich wusste, dass ich sie so kriege. „Ja!", sagt sie und springt vom Klodeckel. „Eine super Idee!"

Schon jetzt frage ich mich, wieso ich ihr das Angebot gemacht habe. Ich schere mich wenig um Kleidung und weiß, dass meine Schwester als Outfit-Beraterin anstrengend werden kann.

Seufzend ziehe ich den Stöpsel, und das Wasser gurgelt in Strudeln Richtung Abfluss.

„Los geht's!" Madita klatscht in die Hände und rennt schon mal vor, um meinen Schrank zu öffnen.

Kleidungschaos

Der Nachmittag wird so, wie ich es erwartet habe: irgendwie anstrengend und ein bisschen lustig. Bis zu unserem Badewannengespräch hatte ich nicht über mein morgiges Outfit nachgedacht und hätte mich wahrscheinlich für Shorts und T-Shirt entschieden, doch mit Madita an meiner Seite ist das gar nicht so leicht umzusetzen.

„Was hältst du von dem hier?“, frage ich und halte ihr ein Shirt mit dem NASA-Logo unter die Nase.

„Auf keinen Fall!“, ruft sie und zieht mein einziges schwarzes Kleid raus, das ich früher bei Chorauftritten und Beerdigungen getragen habe.

„Hier drin siehst du super aus!“

„Auf keinen Fall! Da denke ich daran, wie ich das am Sarg von Großonkel Peter getragen und fast in die Grube gefallen wäre.“

Madita überlegt kurz. „Du hast recht, das war ein schlimmer Moment.“

Sie hängt das Kleid zurück und streckt den Kopf wieder in meinen Schrank und kramt eine Weile darin herum. Aus irgendeiner Ecke des untersten Faches zieht sie einen Blumenrock, von dem ich gar nicht mehr wusste, dass ich ihn besitze. „Der hier? Da drin siehst du so weiblich-elegant aus, sogar am Schlagzeug."

„Ich will nicht weiblich-elegant aussehen!", empöre ich mich. „Ich will aussehen wie *ich*! Und was meinst du mit *sogar* am Schlagzeug?"

„Okay, okay", stöhnt Madita, „beruhig dich! War ne blöde Bemerkung!"

Sie wühlt weiter. „Du hast ja nur Schlabberklamotten", ruft sie, während sie jedes meiner viel zu großen Tops in die Hand nimmt und prüfend mustert.

Ich greife nach einer abgeschnittenen Jeanshose, die recht locker sitzt, und einem schwarzen Shirt.

„Was denkst du dazu?"

Sie blickt mich strafend ein. „Nein." Mehr sagt sie nicht, sondern verschwindet in ihrem Zimmer. Zwei Minuten später kommt sie mit einem Haufen Kleidung wieder herüber.

Es dauert noch eine Weile, bis wir uns einigen können, doch am Ende ist es ein Outfit, das wir beide mögen. Meine abgeschnittene Jeans darf bleiben, die findet Madita sogar „lässig", wie sie erklärt, wenn ich sie mit einem grün-blau gestreiften Top von ihr kombiniere.

Ich stelle mich vor den Spiegel und sage: „Ja, das gefällt mir."

Erleichtert atmet Madita aus. „Na, da habe ich dir aber gut geholfen, oder?"

Ich nicke und grinse ein bisschen. Dass ich mich ohne ihr Zutun einfach für Shorts und NASA-Shirt entschieden hätte, sage ich nicht laut. Das weiß sie eh.

In der Nacht schlafe ich schlecht. Irgendwie träume ich von dem Auftritt und dass wir ausgebuht werden, ein richtiger Albtraum.

Verschwitzt wache ich viel zu früh auf, schlafe noch mal ein und träume dann anderes wirres Zeug.

Als ich um zehn völlig kaputt auf den Flur tappe, riecht es schon nach Kakao. Ich gehe schnell aufs Klo und dann weiter in die Küche. Tamara, Papa und Madita bereiten gerade ein großes Samstagsfrühstück vor, und ich bin überwältigt. Schokokuchen, frische Brötchen und Croissants, selbst gemachte Aufstriche, Obstsalat und in feine Scheiben geschnittene Gurken.

„Wow", entfährt es mir, und alle drehen sich zu mir um. „Du musst doch Kraft tanken, damit es heute Abend gut läuft", grinst Tamara, löst den Kuchen aus der Form und gibt mir einen Kuss auf die Wange.

„Danke, das ist ja lieb." Ich bin richtig gerührt. Vor wenigen Tagen wäre eine solche Szene undenkbar gewesen. Ich spüre, dass wir alle noch etwas unsicher sind, aber wir geben uns Mühe. Mehr geht im Moment nicht.

Viel helfen kann ich nicht mehr, und kurz darauf sitzen wir bei Kaffee und Kakao am Tisch. Ich greife nach einem Kürbiskernbrötchen.

„Und, aufgeregt?", fragt Tamara, und ich nicke. „Schon. Aber wird schon."

„Wie planst du denn deinen Tag?", hakt Papa nach und schiebt sich ein Stück Kuchen in den Mund.

„Wir holen gegen Mittag die Instrumente im Probenraum ab, ein Schlagzeug haben die aber da. Dann sind wir gegen sechzehn Uhr eingeteilt, um uns auf der Bühne warm zu spielen, und um achtzehn Uhr geht es dann richtig los."

Wenn ich das so erzähle, beginnt mein Herz doch wieder ganz schön zu klopfen.

„Und wie kommt ihr mit den Instrumenten dorthin?", will Madita wissen.

„Fritzis Bruder kann den großen Sprinter von seinen Eltern nehmen und hilft uns. Özlem und Fritzi sind auch dabei."

„Und …" Madita druckst herum. „Braucht ihr noch Hilfe?"

Ich sehe sie überrascht an.

„Wer bist du, und wo ist meine Schwester?", frage ich laut, und die anderen lachen.

„Also nur, wenn ihr noch Hilfe braucht …"

„Klar, komm gern mit!"

Papa und Tamara werfen sich einen amüsierten Blick zu.

Beherzt beiße ich in mein Brötchen und denke, dass es doch ganz schön ist, wenn Madita und ich unser Leben mehr miteinander teilen.

Backstage

Die Instrumente haben wir mit den vielen helfenden Händen schnell eingeladen. Fritzis Bruder ist achtzehn und hat jetzt einen Führerschein, was sehr praktisch für uns ist.

„Konntest du Özlem nicht sagen, dass sie erst später kommen soll?“, zischt Costas mir zu, während wir zusammen das Keyboard tragen.

„Nein, konnte ich nicht“, murmle ich genervt zurück. „Sie macht den ganzen Tag Instagram-Stories und Fotos und außerdem musst du sie bei unserem Auftritt doch auch sehen.“

Er stöhnt leidend, und wir heben das Instrument ins Auto.

Özlem springt mit ihrem Handy umher, filmt, fotografiert, postet und liest uns die schönsten Kommentare laut vor. Auch Madita packt mit an und schaut sich in unserem Probenraum ganz genau um. Sie war noch nie hier, fällt mir auf.

Dann sitzen wir alle im Auto. Fritzis Bruder hinterm Steuer, daneben Fritzi und Madita. Auf den beiden Rückbänken Özlem, Costas, Arthur, Karl und ich. Die Musik ist laut, die Sonne scheint, und die Stimmung ist aufgekratzt. Wir kommen gut durch, und eine Stunde später rollen wir durch Berlin. Dann stehen wir natürlich doch noch etwas im Stau, aber wir sind früh dran und genießen die Zeit. Obwohl Costas neben Özlem sitzt, taut er etwas auf und fängt sogar ein lockeres Gespräch mit ihr an. Ein guter Zeitpunkt, vielleicht ist er dann bei dem Auftritt heute Abend entspannter.

Irgendwann haben wir es geschafft. Wir biegen auf einen großen Parkplatz neben dem flachen Gebäude ein, in dem wir heute Abend spielen werden.

„Es fühlt sich so gut an!“, rufe ich, als ich aus dem Sprinter springe, und Arthur jubelt laut. Die Sonne scheint heiß, und ich blinzle, so hell ist es hier. Die anderen krabbeln ebenfalls aus dem Auto und atmen tief durch. Wir sind da, wir sind wirklich da. Wir haben es geschafft. Unser Video wurde unter die beliebtesten zehn gevotet, und jetzt werden wir in wenigen Stunden auf der Bühne stehen und auftreten.

„Hey, seid ihr für das Konzert heute Abend da?“ Ein Mann mit Bart und für das Wetter viel zu dickem Kapuzenpullover kommt auf uns zu. Der Name einer Securityfirma steht auf seinem Pulli.

„Ja, wir sind *Eisfabrik*, und wir spielen heute Abend hier“, sagt Karl.

„Ihr alle?“ Der Mann zieht fragend die Augenbrauen zusammen.

„Nein … nur wir.“ Karl deutet im Kreis umher. „Die anderen sind Gäste.“

„Dann müssen die anderen leider wiederkommen, wenn um 18 Uhr der Einlass beginnt“, sagt der Mann streng. Mist.

„Nicht so schlimm“, sagt Madita schnell und wirft Fritzis Bruder einen Blick zu. „Wir gehen in der Zeit einfach … Kaffee trinken.“ Fritzis Bruder erwidert den Blick grinsend und stimmt ihr zu.

„Ich bin die Technikerin“, behauptet Özlem selbstbewusst. Sie will für die Social-Media-Aufnahmen natürlich dabei bleiben.

„Oh nee“, zischt mir Fritzi hinter ihren blauen Haarsträhnen zu. „Jetzt muss ich mit den beiden allein los. Da liegt doch etwas in der Luft.“

Ich unterdrücke ein Grinsen. „Wäre doch witzig. Dann sind wir vielleicht irgendwann verwandt.“

Fritzi verdreht die Augen und zieht mit ihrem Bruder und Madita ab.

Wir anderen schleppen unsere Instrumente Richtung Eingang, ich nehme zusammen mit Özlem das Keyboard.

„Uff“, stöhnt sie, als wir es ein paar Stufen nach oben tragen. Es ist erstaunlich dunkel in dem flachen Gebäude. Wir gehen durch den schwarz gestrichenen Flur. Am Ende des Ganges wird es wieder heller, und der Sicherheitsmann ruft: „Hier ist der Konzertraum. Hinten links in den Raum könnt ihr euer Zeug bringen.“

Schnaufend laufen wir durch den Raum, der weiträumiger ist als erwartet. Auch die Bühne sieht erstaunlich groß aus. Da fängt mein Magen wieder an zu rumoren. Hier werden wir also spielen. Wir erreichen die Tür an der Seite, zum Glück ist die angelehnt, und wir können sie aufstoßen. Direkt stolpern wir in ein buntes Gewusel aus Menschen, Instrumenten und Lachen. Schnell stellen Özlem und ich das Keyboard auf einem Tisch ab und sehen uns um. Die anderen hier sind so alt wie wir, mal etwas jünger, mal älter.

„Das ist die Konkurrenz“, zischt Özlem mir zu.

„Sag doch so etwas nicht“, empöre ich mich. „Wir sind doch alle vor allem hier, um ein bisschen Spaß zu haben!“

Özlem wiegt bedeutungsvoll den Kopf hin und her. Sie sieht das wohl etwas anders als ich.

„Hey“, spricht mich da ein Mädchen mit schwarzen Locken von der Seite an. „Du bist die Schlagzeugerin von *Eisfabrik*, oder?“

„Äh …ja …", entgegne ich.

„Ich trete auch heute auf, deswegen habe ich mich im Internet nach den anderen umgeschaut. Coole Videos!"

Sie hält mir die Hand zum Abklatschen hin, und ich schlage ein.

Ein einziger Rausch

Die nächsten Stunden verbringen wir größtenteils in dem Backstagebereich. Ich spreche viel mit den anderen Bands, aber trotzdem besinnen wir uns vor allem auf *Eisfabrik* und sprechen noch einmal über alle möglichen Details. Die Programmlisten werden herumgereicht, wir spielen als Sechste.

Özlem macht kleine Stories und Fotos, und irgendwann sind wir endlich mit dem Soundcheck auf der Bühne dran.

Alles läuft gut. Costas Stimme ist ein bisschen zu dünn und mein Schlagzeug sehr laut, aber alles in allem passt es einigermaßen. Ich falle nicht von der Bühne, stolpere über kein Kabel und bin ganz froh, dass ich mit meinem Instrument im Hintergrund bleiben kann.

„Gut so", ruft uns die Technikerin zu und hebt den Daumen. „Ihr seid fertig!"

Ich stehe von meinem Hocker auf und gehe zu der kleinen Treppe. Von hier oben sehe ich die Größe des Zuschauerraums. Wenn es voll wird, passen auf jeden Fall einige Hundert Leute rein.

Ich schlendere zu Özlem, die vor der Bühne steht und gerade auf ihr Handy schaut. „Ich habe eine kleine Story als Vorgeschmack auf heute Abend gepostet." Sie hebt die Augenbrauen und hält mir triumphierend den Bildschirm hin.

„Rate, wer zum ersten Mal seit Tagen eine Story kommentiert?"

Ich muss nicht raten, ich weiß es. Noisette16 hat vor wenigen Sekunden eine Haselnuss als Kommentar dagelassen. Eine Mischung aus Wut und Neugierde breitet sich in mir aus, und ich ärgere mich, dass ich mich wieder damit auseinandersetzen muss.

„Na und?!", sage ich etwas schroff und mache mich auf den Weg in den Backstageraum.

Dann geht die Zeit auf einmal ganz schnell rum. Ein Fotograf vom Kooperations-Radiosender ist da und hat ein kleines Fotostudio mit Scheinwerfern und einer großen Pappwand mit dem Logo des Senders aufgebaut. Wir werden fotografiert: einzeln, als Band, mit allen zehn Bands zusammen.

Dann strömen plötzlich Leute in den Zuschauerraum, und wir gehen Backstage.

Eine Technikerin mit Headset im Ohr kommt stellt sich vor uns alle und erklärt den Ablauf. „Ihr werdet einzeln auf die Bühne gerufen. Die Bands, die schon gespielt haben, können sich danach unters Publikum mischen. Die anderen warten hier drin, bis sie dran waren. Nicht dass ihr verloren geht vor dem Auftritt, das habe ich alles schon erlebt."

„Ich verschwinde mal", zischt Özlem mir zu und umarmt mich fest. Ihr schwarzes Haar riecht nach Shampoo. „Das wird super!"

Özlem behält recht. Es wird echt super. Als die erste Band raus auf die Bühne geht, zittern meine Finger. Die Musik klingt etwas dumpf durch die Backstagetür, und allein die Vorstellung, dass ich auch gleich dort oben stehe, raubt mir den Atem. Drei Lieder sind nicht lang, schon bald geht die zweite, die dritte, die vierte Band auf die Bühne. Die Anspannung steigt, und der Raum leert sich immer mehr. Als die fünfte Band rausgeht, machen wir uns bereit.

Reflexartig greife ich nach Costas und Arthurs Händen, die nehmen Karls, und wir bilden plötzlich einen engen Kreis.

„Das wird großartig", sage ich und drücke die Hände der anderen.

„Hauptsache, wir haben Spaß", ergänzt Arthur und sieht uns der Reihe nach an.

„Oh ja!", sagt Karl.

„Jetzt legen wir los", grinst Costas und sieht mich verschmitzt an. Der Ring in seiner Augenbraue glitzert, und wieder einmal bin ich erleichtert, dass wir die Situation miteinander geklärt haben.

„Eisfabrik?"

Die Technikerin kommt mit einem Klemmbrett herein und wedelt auffordernd mit der Hand.

„Seid ihr bereit? Ihr müsst raus!"

Und dann geht er los, der Rausch. Wir hören noch die letzten Töne der Band vor uns, dann kommt unsere Ansage.

„Als Nächstes sehen wir eine Band, die auf YouTube mit der eigenen Bewerbung Furore gemacht hat und auf die sich sicher einige hier freuen!"

Es ertönt lauter Applaus und Gepfeife.

„Jetzt!" Die Frau mit dem Klemmbrett schubst uns eine Treppe hoch. Ich stolpere bei der letzten Stufe und muss mich an Costas festhalten, um nicht lang hinzuschlagen.

„Hey, vorsichtig", sagt er sanft, und dann stehen wir auf der großen Bühne. Ich kneife die Augen zusammen, die Scheinwerfer blenden mich, und meine Pupillen müssen sich noch daran gewöhnen.

Das Publikum ist fast nicht zu erkennen, lediglich eine sich bewegende jubelnde und pfeifende Masse.

„Miiira", ruft irgendjemand, wer, das weiß ich nicht. Ich winke, mein Herz klopft mir bis zum Hals, und ich laufe rüber zum Schlagzeug. Das Publikum wird etwas ruhiger, ich zähle mit meinen Sticks an, und die anderen setzen ein. Die ersten Takte kommen auf den Punkt, und Costas beginnt mit starker Stimme zu singen, obwohl er doch weiß, dass Özlem ganz weit vorn im Publikum stehen wird. Aber das sehen wir zum Glück ja nicht.

Meine Gedanken setzen aus, ich spiele nur noch, lasse mich völlig von der Musik leiten und habe einen Riesenspaß. Ich weiß nicht, ob wir gut sind, ob wir Fehler machen, ob wir gewinnen können, aber das ist mir jetzt auch egal. Das Lied ist schneller vorbei als gedacht, und jetzt kommt das Tanzlied. Ungefähr kann ich erahnen, wie sich die Publikumsmasse in Bewegung setzt. Ich schließe die Augen, ignoriere die Kamera des Radiosenders, die uns filmt, und blinzle nur manchmal, um Karl, Arthur und Costas zu sehen, die sich offenbar wie ich in unserer Musik auflösen. Mein klopfendes Herz beruhigt sich etwas, und jetzt flattert es nur noch in meinem Bauch.

Als wir dann die ersten Takte von *Lang gewartet* anstimmen, das Lied, mit dem wir uns beworben haben, kann ich es nicht fassen: Das Publikum singt mit! Ich weiß nicht, wie viele es sind, die den Text kennen, aber offenbar so viele, dass ich sie hören kann.

Ein letztes Mal der Refrain, die letzten Töne, die hellen Lichter, dann ist es vorbei, ich springe auf und reiße meine Arme in die Luft. Das Publikum schreit, kreischt, wieder höre ich meinen Namen.

Costas, mit rotem Gesicht und schwer atmend, winkt mir, und ich laufe zu ihm an den vorderen Bühnenrand. Karl und Arthur stellen sich neben uns, wir blicken ins Publikum, das ich von hier vorn besser sehen kann. In der ersten Reihe stehen Fritzi und Özlem neben Leo und Felix, dann noch ein paar Leute aus meiner Klasse, die sogar Plakate gemalt haben. Menschen, die meinen Namen rufen, obwohl ich sie nicht kenne. Etwas weiter hinten erkenne ich Papa, Tamara und Madita. Madita wischt sich über die Augen. Ich kann es nicht fassen.

Wir verbeugen uns, das Publikum rast, ich werfe meine Haare wieder nach hinten.

Jetzt tritt der Moderator auf die Bühne und ergreift das Wort. „Das waren *Eisfabrik*, und es klingt so, als hätten sie unter euch schon einige Fans."

Wieder Jubel, wir verbeugen uns noch einmal.

„Dann darf ich jetzt die Nächsten ankündigen …"

Die Technikerin winkt uns heftig zu, und wir laufen die kleine Treppe am Rand der Bühnenvorderseite nach unten. Völlig benebelt stolpere ich in den Zuschauerraum, wo mich als Erstes Özlem und Fritzi begrüßen. „Ihr wart unglaublich-fantastisch-wunderbar!", kreischt Fritzi und springt mir um den Hals. Auch Özlem macht mit und bringt gerade noch so ihre Kamera in Sicherheit. „Ich habe alles aufgenommen", erklärt sie eifrig und tippt darauf.

Dann kommt Papa und nimmt mich lange in den Arm, dann Tamara, die irgendetwas von superstolz murmelt und ganz bewegt ist. Auch Leo umarmt mich fest, und ich spüre sein Herz gegen den Brustkorb klopfen. Wahrscheinlich hat er eben auch getanzt. Felix kommt dazu und nimmt mich ebenfalls in den Arm. „Ich wusste ja, dass ich ein Fan bin", grinst er. „Aber jetzt habt ihr mich so richtig bekommen!" Seine Augen hinter den Brillengläsern glitzern, während seine Hände auf meinen Schultern liegen.

Noisette16 … Leo oder Felix?

Ich verbiete mir den Gedanken, das muss aufhören! Die Musik der nächsten Band geht schon los, und die meisten wenden sich wieder der Bühne zu, da stürmt meine Schwester mit den lila Haaren auf mich zu. „Meine kleine peinliche, talentierte Schwester“, ruft sie und drückt mir einen so feuchten Kuss auf die Wange, dass ich mit der Hand demonstrativ darüberfahre. Und ohne es zu wollen, denke ich wieder an Brasilien. Der Gedanke wischt mir das Lächeln aus dem Gesicht. Madita bemerkt das natürlich. „Was ist denn los?“, fragt sie besorgt.

„Ach, ich habe nur gedacht, wie schade es ist. Gerade verstehen wir uns doch so gut, und ausgerechnet jetzt willst du gehen.“

Wir müssen brüllen, die Musik der siebten Band ist ganz schön laut. Madita rollt mit den Augen. „Das wollte ich dir doch gestern schon im Bad sagen.“ Sie holt Luft. „Ich gehe nicht weg. Ich bleibe hier. Ich glaube … alles andere wäre feige.“

Da springe jetzt ich ihr an den Hals, sodass Tamara und Papa vorsichtig ausweichen müssen.

Und plötzlich kommt mir alles wieder sehr viel leichter vor.

Der Schokoaufstrich

Ich brauche frische Luft und meine Band auch. Deshalb taumeln wir aus dem dunklen Konzertraum ins Freie und kaufen uns eine Limonade. Özlem und Fritzi folgen uns, Özlem dreht natürlich Insta-Stories, und Fritzi hüpft begeistert auf und ab. „Ihr gewinnt. Bestimmt gewinnt ihr“, seufzt sie in einer Tour und ist kaum zu beruhigen.

Costas lächelt schüchtern in Özlems Kamera, und irgendwann gesellen sich auch Arthurs Freund, Madita und Fritzis Bruder zu uns, der meiner Schwester auffällig viele Blicke zuwirft.

Bald sind alle Bands durch, und die Jury zieht sich zur Beratung zurück, doch das bekommen wir alle nur so am Rande mit, zu schön ist es, gemeinsam im Hof zu sitzen und in die Abendsonne zu blicken.

Nach einer Weile kommt die Frau mit ihrem Headset nach draußen.

„*Eisfabrik*“, sagt sie, „in fünfzehn Minuten verkündet die Jury das Ergebnis. Bitte kommt wieder rein.“

In dem Moment grummelt mein Magen auffällig laut. Irritiert blickt Costas mich an. „Hast du etwa Hunger?“, fragt er spöttisch.

Da fällt mir erst auf, dass sich mein Magen völlig leer anfühlt, und ich werde im gleichen Moment ganz zittrig.

„Ich glaube, ich esse noch schnell etwas", schlage ich vor und denke an die Brötchen und Snacks, die backstage auf uns warten.

„Aber beeil dich", sagt Arthur, „wir treffen uns gleich vor der Bühne." Ich schlüpfe in den dunklen Saal, wo jetzt gerade Radiomusik aus den Lautsprechern tönt. Die Stimmung ist locker, der Raum nur halb voll, viele stehen in der Pause mit ihren Getränken draußen.

Ich laufe an der Bühne durch die Tür den kurzen Flur entlang in den Backstagebereich. Außer mir stehen noch drei andere am Büfett und schmieren sich ein Brötchen.

Ich greife nach einem der letzten mit Körnern und schaue mir den Brotbelag an. Vielleicht ist etwas Zucker nicht schlecht, also greife ich nach dem Nuss-Nugat-Aufstrich und schaue auf das Etikett. Ich erstarre.

Das kann doch nicht wahr sein. Ich hätte es die ganze Zeit wissen müssen. In roten Buchstaben prangt das Wort *Noisette* über einem Bild von Brot mit Nugat-Aufstrich. Ich denke an den Kommentar mit dem Haselnuss-Emoji, ich denke an das Gespräch, in dem wir über Lieblingseissorten philosophierten, daran, wie gern ich Süßes mag und vor allem Eis, daran, dass er wegen seines Hobbys Ärger mit den Eltern hat und Geld spart. Noisette heißt Haselnuss auf Französisch. Felix' Lieblingseissorte.

Felix, der liebe und schüchterne Eisdielen-Felix, ist Noisette16. Dass ich darauf nicht gekommen bin, er hat mir so viele eindeutige Hinweise gegeben.

Ich lasse den süßen Aufstrich sinken, lege das Brötchen zurück und stopfe mir nur ein paar Gummibärchen in den Mund. Ich muss Felix zur Rede stellen. Und zwar sofort!

Mit vollen Backen rase ich aus dem Backstageraum, renne im Flur noch fast die Technikerin um und drängle mich in das Publikum, das nun wieder fast vollzählig zu sein scheint. Ich sehe, dass sich auch der Moderator auf der Bühne bereit macht. Meine Band hat mich entdeckt und winkt mir zu, doch ich kann noch nicht zu ihnen. Ich muss Felix finden. Wo ist er?

Suchend lasse ich meinen Blick über die Reihen schweifen. Da stehen Madita und Fritzis Bruder in angeregter Unterhaltung, da stehen die Jungs aus meiner Parallelklasse, zusammen mit Leo. Mist, wo ist Felix?

Endlich entdecke ich ihn. Er steht fast ganz vorn am Bühnenrand und beobachtet interessiert, wie offenbar ein Mitglied der Jury verkabelt wird.

Ich laufe auf ihn zu und stoße ihn aus Versehen zu heftig in den Rücken, sodass er erschrocken nach vorn stolpert.

„Mira!“ Er dreht sich um.

„Entschuldige“, murmle ich verwirrt, „ich hatte zu viel Schwung.“

Ich schüttle kurz meinen Kopf, um wieder klar zu werden. Dann sage ich: „Du bist Noisette16.“

„Äh …“ Er wird rot und kratzt sich am Hinterkopf. „Tja …“

„Das heißt Haselnuss. Du magst Haselnusseis, deshalb bist du es“, schließe ich messerscharf und merke erst dann, wie lächerlich es klingt.

„Das stimmt“, sagt er und versucht sich an einem kleinen Lächeln, doch ich funkle ihn böse an.

„Warum hast du das gemacht? So ohne Klarnamen rumkommentieren wie ein Stalker.“

Jetzt fängt er an zu stammeln: „Ich weiß, es tut mir leid, ich habe dann auch bald gemerkt, dass das falsch rüberkommt … und am

Anfang wollte ich wirklich nur als Nutzer das Video kommentieren …"

„Wieso hast du nicht aufgehört damit? Wieso hast du mich nicht einfach direkt angesprochen und die Sache aufgeklärt?"

„Das … ging nicht mehr. Ich dachte, du findest es schon selbst heraus. Ich habe mich einfach nicht getraut."

Nervös schiebt er sich seine Brille auf der Nase hoch. Da ertönt die laute Stimme des Moderators durch den Raum. Das Murmeln im Publikum verebbt.

„Ihr Lieben, die Jury ist zu einer Entscheidung gekommen und hat die beste Band gekürt." Ein Trommelwirbel ertönt. „Begrüßt mit mir Tina aus der Jury!"

Das Publikum applaudiert höflich. Kurz bin ich abgelenkt, doch dann wende ich mich wieder Felix zu, der weiterhin bedröppelt nach unten schaut.

„Wieso bist du nicht zu der Falle … zu der Verabredung in der Eisdiele gekommen, die wir … die ich vorgeschlagen habe?"

Himmel, jetzt gerate ich aber auch ganz schön ins Stolpern. Im Hintergrund höre ich, wie die Frau aus der Jury das Publikum begrüßt.

„Ich war da", sagt Felix mit ruhiger Stimme. „In der Küche, an der Spülmaschine. Ich dachte, ich sehe es, wenn du reinkommst, aber du kamst nicht."

Er atmet tief ein und aus. „Ich wollte es dir ja sagen, Mira, sogar bei dieser Verabredung, ich hatte es mir ganz fest vorgenommen, aber es ging einfach nicht. Und dann wollte ich es dir sagen, als wir uns vor der Schule trafen, aber da war so viel anderes los. Und dann, als ich dich mit Eis besuchen wollte, da wollte ich es auch erklären …"

Er sieht mich schuldbewusst an. „Ich weiß, die ganze Idee war von Anfang an blöd, und alles, was ich gerade sage, ist nicht mehr als eine dumme Ausrede."

Ich verschränke die Arme. „Stimmt."

„Es tut mir leid, Mira", sagt er und schaut mir tief in die Augen. „Wirklich. Es tut mir leid, und ich hoffe, du kannst mir verzeihen. Denn eigentlich …"

„Ja?"

Das Publikum wird still. Im Hintergrund verkündet der Moderator den Namen der drittplatzierten Band. Wir sind es nicht. Alle johlen, und die Band läuft auf die Bühne und bekommt einen Pokal.

„Ähm …", beginnt Felix wieder. „Ich wollte dir einfach sagen, wie sehr ich dich mag. Und ich habe mich im echten Leben nicht getraut."

Ich starre ihn an. Irgendwie habe ich nicht weitergedacht, sondern nur daran, ihn zur Rede zu stellen. Dass etwas dahintersteckt, war mir nicht mehr so klar.

„Mira, jedes Mal, wenn du in die Eisdiele kommst, klopft mein Herz. Seitdem ich dich kenne, ist Pistazie meine zweitliebste Eissorte geworden. Du bist nett, klug, witzig, eine gute Gesprächspartnerin und ehrlich."

Er stockt.

„Ehrlich im Gegensatz zu mir." Er sieht wieder zerknirscht auf den Boden.

„Danke", sagt der Moderator. „Kommen wir zu Platz zwei."

Stille im Publikum und Stille zwischen Felix und mir.

„Platz zwei wird belegt", wieder Trommelwirbel, „von *Eisfabrik*." Wieder jubelt das Publikum und applaudiert. Meint er uns?

„Ich glaube, du musst da hoch“, ruft Felix mir zu und deutet auf Costas, Arthur und Karl, die mir heftig winken.

„Ich kann nicht“, sage ich und mache mich steif. Ich bin doch gerade in einem wichtigen Gespräch!

„Los“, kommandiert Felix, und ich setze mich wie ein Roboter in Bewegung.

Die richtige Entscheidung

Schlafwandlerisch erklimme ich die Bühne und stelle mich neben meine Freunde. Costas freut sich und nimmt den Silberpokal entgegen. Karl sieht ein kleines bisschen enttäuscht aus, klar, Platz zwei ist knapp am Proficoaching auf Teneriffa vorbeigeschrammt. Doch mir ist das gerade egal. Arthur bekommt das Mikrofon in die Hand gedrückt und übernimmt die Dankesworte. Ich nehme vom Moderator noch eine gerahmte Urkunde für uns alle entgegen und bemühe mich um ein freundliches Gesicht. Daraufhin lasse ich meinen Blick ins Publikum schweifen, das ich im schummrigen Licht jetzt auch einigermaßen erkenne. Mein Vater applaudiert noch immer, Özlem filmt, Fritzi stößt Leo an und zischt ihm etwas zu.

Und dann steht da Felix. Sieht mich an und lächelt mir schief zu. *Sorry* formt er mit seinen Lippen, wendet sich zum Gehen und verschwindet zwischen den vielen Menschen.

Wir müssen doch noch weiterreden!

Erneut fängt es in meinem Bauch an zu flattern, und dieses Mal hat es nichts mit dem Auftritt zu tun. Ich klettere wieder von der Bühne, während mir meine Band verdutzt nachsieht und der Moderator so etwas wie „Na, Mira hat es aber eilig, Platz eins zu sehen" sagt.

Es ist mir völlig egal, wer den ersten Platz belegt. Ich quetsche mich zwischen Fritzi und Özlem durch, die sich plötzlich wissend anschauen und keine Fragen stellen, zwischen fremden Menschen und meiner Familie. Am Ausgang erwische ich Felix noch und greife nach seinem Ärmel.

„Warte mal."

Ich muss eine Entscheidung treffen, und zwar die richtige. Soll ich ihm die ganze Noisette16-Aktion verzeihen?

Er dreht sich um und steht plötzlich erstaunlich nah vor mir, ich kann den Waschmittelduft seines T-Shirts riechen. Intuitiv nehme ich seine warme Hand und ziehe ihn nach draußen. Der Himmel hat sich bereits rosa verfärbt, und das warme Licht flutet den Innenhof. Bis auf ein paar Raucherinnen sind wir allein.

„Ich ...", beginne ich, und da ist es wieder, dieses seltsame Bauchflattern. „Ich nehme deine Entschuldigung an", sage ich. „Und es tut mir leid, dass ich eben so ... wütend war. Wir hatten auch ein kleines bisschen Spaß beim Detektivinnenspielen."

„Nee, du hast ja alles Recht der Welt, wütend ..."

Und dann weiß ich nicht, was mit mir passiert, doch ich trete noch einen Schritt näher an ihn heran, mein Herz pocht, die orangefarbene Sonne spiegelt sich in seinen Brillengläsern, und ich stelle mich einfach auf die Zehenspitzen und drücke ihm einen leichten Kuss auf die Lippen. Etwa eine Sekunde verbleibe ich so mit geschlossenen Lidern, dann fällt mir auf, was ich da gerade tue.

Ich reiße die Augen auf, mache einen Satz nach hinten und schmeiße den Aschenbecher um, der auf einem Blumentopf steht. Zum Glück zerbricht er nicht!

Fahrig stelle ich ihn zurück und blicke Felix an, der plötzlich strahlt. „Sorry! Entschuldigung!“, sage ich heiser.

„Du musst dich doch nicht entschuldigen“, lacht er und sieht mir tief in die Augen. Ich kann meinen Blick nicht abwenden und weiß selbst, dass dieses Gefühl im Bauch, das Abendlicht und sein Geruch viel zu romantisch sind.

„Los, die Gewinnerband spielt“, ruft uns jemand zu.

„Wollen wir uns das anhören?“, fragt er mich mit schief gelegtem Kopf.

„Moment.“

Ich muss mich sortieren. Ich schließe die Augen, höre die ersten Töne der Musik und spüre die warme Sonne auf meiner Haut. Was will ich? Wenn mir egal ist, was die anderen von mir denken, wenn mir egal ist, was ich früher gesagt habe, was fühlt sich richtig an?

Ich öffne meine Augen. Sein Blick ruht auf meinem Gesicht, und ich grinse ihn an. „Lass uns reingehen“, sage ich und nehme seine Hand, als wäre es das Normalste auf der Welt.

Wir treten wieder in die Dunkelheit, meine Augen müssen sich kurz daran gewöhnen. Der Raum ist voll, und die Menge singt einige Zeilen des Gewinnerliedes mit. Ich ziehe Felix sanft weiter nach vorn. Wie im Rausch laufe ich an Fritzi vorbei, die erstaunt die Augenbrauen hebt und auf unsere verschränkten Hände blickt. Özlem senkt rasch die Kamera und grinst mir zu. Und dann stehen wir kurz vor der Bühne unter den bunten Lichtern, Hand in Hand, meine Schulter an seinen Arm gelehnt, seinen Geruch in meiner Nase. Wir wippen langsam im Takt der Musik, werfen uns Blicke zu und lächeln, wenn sie sich kreuzen. Ganz warm und kribbelig wird es in meinem Bauch. Felix drückt sanft meine Hand. So stehe ich im Publikum, meine Familie ist im Raum, meine Freundinnen tanzen ein paar Meter hinter mir, und meine Band sitzt irgendwo am Rand und verteilt Autogramme. Und jetzt ist auch noch Felix an meiner Seite. Die Musik durchströmt mich mit ihren sanften Klängen. In diesem Moment bin ich einfach nur glücklich.

@popcornmagazin
POPCORN
popcornmagazin
923 Beiträge
28,6k Abonnenten
415 abonniert
Folgen
POPCORN
POPCORN - Deine Stars. Deine Welt. Dein Leben.
Stars, News, Interviews
Live
Q&A
Posterbattle
Video-Grüße
So verliebt!
Be happy!
LEBE! LIEBE! LACHE!
So wirst du glücklich wie die Stars!
17 COOLE STAR-TATTOOS
18 COOLE POSTER
4 MEGA-POSTER
Coole TikTok-Hacks
Deine Stars!
Deine News!
Deine Musik!
AUCH AUF INSTAGRAM
JEDEN MONAT
neu im Handel!